四十路のおっさん、神様からチート能力《スキル》を9個もらう 5

Yosoji no ossan, Kamisama kara
cheat skill wo 9ko morau

霧 KIRITO 兎

CONTENTS

目次

CHARACTER
主な登場人物
ノート
異世界で9個のチートスキルを手にした四十路のおっさん。魔物グルメを極めるため、冒険の旅に出る。
ティエ
デミタス国の宰相の娘。プライドがちょっと高めのお嬢様。
シェフィー
新米の従魔術師。ノートのもとで一人前の従魔術師を目指す。

マーク
ファスティの街を守っていた
衛兵隊長。
ノートの旅に同行している。
ミーツ
孤児達を束ねる
リーダーその2。
頭がよいので交渉事などを
担当している。
カザン
孤児達を束ねる
リーダーその1。
頭を使うより体を
動かすのが好き。

第1章

王都にて！

Yosoji no ossan, Kamisama kara cheat skill wo 9ko morau

1　お散歩

さて、王都から出てきたが、どっちに向かおうかな。

従魔《じゅうま》達に意見を聞いたものの、見事に分かれたな。

ヴォルフとアクアは林か草原方面で、マナとライは森のほうにある泉付近。

真逆とは言わないが、方角が90度違うな。

そんなわけで行き先は、俺の意見がどちらかによるようだが……これじゃあ聞いた意味があまりないな、最終的に俺の判断になるとは。

うーん、どうしようかな。

あ、そうだ！

「林と森、どっちのほうが近いんだ？」

みんなに聞くと、『近いのは泉』と答えてくれた。

そっちに行くことにしよう。

若干アクアがぐずったが、ご飯が遅くなると伝えると泉に行くと言いだした。

……アクア、チョロいな！


そんなわけで、今は泉に向かって歩いている。

だけど、さっきからちょくちょく、角《つの》のある兎《うさぎ》の魔物であるホーンラビットの姿を見かけるんだよな。

まあ、近づいてきたら倒すんだが、どうにも様子を見ながらついてきてるだけなんだよな。

放っておいたらそのうち諦めてどっか行くだろう。

◇

気にしないようにしていると、泉が見えてきた。

とりあえず拠点になりそうな場所を探して結界を張る。

すると、アクアを残してみんなどこかに行ってしまった。どこに行ったのかは知らないけど、飯《めし》はどうするんだろうな。

とにかく作ること自体は始めておこう。

まあ軽く周りを見て、適当に探索にでも行ったんだろうと当たりをつけて、昼食準備に取りかかる。

まずは、ハンバーグ作りから。

ボウルに入れた生パン粉に牛乳をかけ、ふやかしておく。

その間に、フライパンにサラダ油を入れて熱し、この世界の玉ねぎであるオニオを入れてしんなりするまで炒《いた》める。

次に、パン粉を入れておいたボウルに合挽《あいび》き肉をどっさり入れ、３００グラムくらいで一個分として、それを三十個程度用意する。

そこへ、卵三十個、ふやかしておいた生パン粉（生パン粉大スプーンで八十杯、牛乳を大スプーンで六十杯）、それに塩、胡椒《こしょう》を適量入れる。

オニオの粗熱《あらねつ》が取れたところで、他の材料とも混ぜ合わせてよく練り、等分。

それから、手のひらで空気を抜きながら丸め、成形していく。

それが終わったら、フライパンにサラダ油を入れて熱し、成形したそれらのタネを敷き詰めて、焼き色がついたら裏返す。

そして、フタをしてから、じっくり中まで火を通していく。

火が通ったら、器《うつわ》に盛る。

続いて、ソースを作るために、同じフライパンに赤ワインを入れて、軽く炙《あぶ》ってアルコールを飛ばし、万能テリヤキのたれを加えて煮詰《につ》める。

最後、仕上げに本みりんを加えて、再び軽く煮詰める。

できたソースをハンバーグにかけて、お好みの野菜を付け合わせる。

このときに、ちょっとした俺流のコツがある。

肉の焼き上がりは透明な肉汁が出るのが目安なんだけど、保温して火を通すのがポイントなんだよな。

ま、いずれにせよ、この料理は表に出せない。俺が元いた世界の調味料、ふんだんに使っているからな。

あとは、卵サラダに、マヨネーズをかけて和《あ》えるか。

スープはどうしようかなぁ。なしでいいか。

あとは足りなければ、最悪、焼き肉ができるように、肉のスライスを量産しておこう。

ちなみに、アクアが手（触手か？　羽か？）を伸ばしてきたので、「欲しかったらちゃんと言うように」と軽く注意して、少しだけ肉を軽く焼いて与えた。

そのあたりで、時間にして三十分くらいかな、みんな戻ってきた。

急いで仕上げをして、みんなの皿に、とりあえず三個のハンバーグを載っけていった。

好評のようで、アクアとヴォルフはおかわりしていたが、始終和《なご》やかに昼食を終える。

食後、俺は料理を作り溜めするために、ここに残る。

ライとマナ、ヴォルフとアクアで、それぞれペアになってもらって、適当に散策してもらうことになった。

ペアの根拠は、飛べる組と、地上組だな。

とりあえず夕方に家に帰るとして、それなりに時間があるから、ここぞとばかりに作り倒す！

焼き肉、ステーキ、牛丼（肉とオニオを煮込んだやつ）、トンカツ、トンテキ、豚のしょうが焼き、唐揚げ、玉子焼き、サーモンバター醤油《しょうゆ》、カキフライ、白身魚のフライ、フライドポテト、ビーフシチュー、クリームシチュー、ハヤシライス、カレー……

まだまだ作っておきたいが、そろそろ時間かな？

スキルのおかげで作れたけど、正直、地球にいたときなら、料理を一、二品作ったら時間になっていただろうな。

さて、みんなに声をかけるか。念話《ねんわ》で呼びかける。

『おーい、そろそろ帰るぞー！』

『わかりました、戻ります』

『わかったわ～』

『ぬっ？　もう少し待ってくれ』

『まつのー』

えーと、ライ、マナは戻ってくるようだな。

だが、ヴォルフは待ってほしいとのこと。あとアクアもか。

あいつら何をしているんだ？　聞いたほうが早いか。

『ヴォルフとアクアは何してるんだ？』

『魔物を狩っているぞ』

『狩っているって……どうやって持ってくるんだ？』

『むっ……考えていなかったな。取りに来てくれぬか？』

『取りに来いって言われてもな……いや、空間転移《ジャンプ》でどうにかなるか。とりあえず、ライ達と合流したら試してみるから、待っててくれ』

『ああ、わかった。終わったのでいつでも大丈夫だ』

ただの散歩のはずだったのに何をやっているんだ。

まあ、肉系の在庫がそろそろ危なかったから助かるか。

おっと、ライ、マナが戻ってきた。

さっそく俺に触れてもらい、肩に乗ってもらう。で、ヴォルフをイメージして空間転移《ジャンプ》をしてみた。

初の試みだがうまくいくかな？

初の試みだったけど、無事にヴォルフのもとに飛ぶことができた。

俺が、規格外の空間転移《ジャンプ》してきたのを見て、ヴォルフがなんとも言えない顔をしているが、スルーだ！

気にしてはいけないんだ！

だいたい、散歩のはずが狩りをしだしたヴォルフが悪い。

俺は悪くないはずだ。たぶん。

とりあえず、今日の飯は奮発しておこう。

それはさておきだ。ヴォルフのことよりも、この目の前の光景をどうすれば良いんだろうな。

確かに、肉が減って心許《こころもと》ないから、そろそろ狩りに出ようとは思っていた。

けどな？

いくらなんでもこれはないと思うんだ、俺は。

見れば見るほど、現実を見たくなくなるんだよな。

はぁ、見ていてもどうにもならないし、回収するか。

オークが、一、二、三……百一、百二、百三っと。

ふぅやっとオークが終わった。

そう、オークがここまでの数がいるってことは、もちろん上位種もいるんだよ。

もう面倒だから、上位種はまとめて数えよう。種類？　知るか。上位種だけでも、二十超えてるし。

ふぅふぅ、やっとオーク種の回収が終わった。

さて、これで帰れたら良いんだけど、まだあるんだよ！

オーガと、これはなんだ？

【鑑定】してみるか。

・シーフカメレオン（死骸《しがい》）　×1

Bランク魔物。
鶏肉に近い肉質だが、旨味は比較にならない。
ただでさえ見つけにくいカメレオン種が
隠蔽《おんみつ》スキルを覚えた上位種。

それと、蛇《へび》の魔物であるサーペント種が何匹いるんだ？

あとは、牛系かな？　牛の魔物のブルーブルに似てるし。

ん？　牛系の魔物を退《ど》けたら、これも亜種か上位種？

姿はオーガだけど、色も体格も違うからどちらかで間違いないだろう。

えっ？　調べないのかって？

そんな時間の余裕があるとでも？

やるべきことはまだ残っているんだ！

刻々と夕焼け色が強まっているのに！

あらかた、ここに積み上がっていた魔物は回収できた。

他にないな、とヴォルフに確認してさっさと帰ることにする。

回収した魔物の整理は後日だ！　一応、近いうちにギルドに数匹は解体に出すが……肉確保のためにな。

まったく予想外の出来事で、予定が狂ったな。

今日の飯は奮発する予定だったが、作ってる時間はない……ことはないが、チビッ子達（アクア、ライ）が待ちきれないだろうからなぁ。

出来合いの物で済ませるとしよう。

今日は、さっき大量生産した料理で、一番量を仕込んだ（ヴォルフの五体分）牛丼にしよう。

最初は普通に食べ、二杯目からは卵を入れて、さらにおかわりしたときには、ネギとか、チーズ入れるとか、汁《つゆ》だくにするとか。

そんなふうにできるし、みんなも満足するだろう。

そうと決まれば、早く王都に戻るとしようか。


泉付近の森の縁を歩きながら、王都に向かっていると、ホーンラビットがまた見えてきた。

こいつ、さっきからちょくちょく見かけていた個体かな。

まあ、実害があるわけじゃないし、倒す必要もないか。

気にせず横を歩いて進んでいくと、ついてきてる……

憑《つ》いてきてると言い換えてもいいが……

なんなんだ⁉

よくよく見ると、何か必死な様子だ。

だけど、どうすればいいんだかわからないし、このまま帰るわけにもいかなくなったな。

厄介事の予感がしなくもないが、最悪、空間転移《ジャンプ》で、王都で俺が借りてる借家の庭にでも飛べばいいか。隠蔽とか使って騒ぎにならないようにして……

俺がじっとホーンラビットを見ていると、ホーンラビットは駆け出して数歩ほど進む。

だが、すぐにこちらの様子を窺《うかが》い、俺が近づくとまた駆け出して、数歩分進むとこちらの様子を窺ってくる。

何回も繰り返してくるので、ついていくことにした。

ヴォルフもマナも特に警戒していないから、危険はないだろうしな。

それよりも、ついていったら何があるのか興味が出てきたぞ！

2　待っていたのは

ホーンラビットについていくこと十分ほど。

急に急ぎだしたので、引き離されないように走ってついていく。

そして、水場が近くにある場所に来たとき、信じられない光景を見た。

そこには、倒れている女がいたのだ。

死んでいるのかと思ったが、ホーンラビットが擦り寄っているところを見ると、生きているのかもしれない。

【鑑定】をかけて見ると、次のようだった。

名　前：シェフィー
種　族：人族
年　齢：19
職　業：テイマー
ＨＰ：17／124
ＭＰ：5／225
体　力：124
　力　：121
魔　力：225
敏《びん》捷《しょう》：140

器　用：　１８５
知　力：　１４９
スキル：　【水魔法3】【風魔法5】【治癒魔法2】【従魔術6】【短剣術4】【鞭術5】
【魔力操作3】【魔力回復増加1】
状　態：　毒（中度）、魔力欠乏

これは……いや、考えるのはあとだな。

まずは助けよう！

上級ポーションを使っていったん魔力欠乏と毒を治して、あとはあまり使わないから忘れがちだが、俺は最上級の治癒魔法を持っているのだから、この場に相応《ふさわ》しい回復魔法があるはず……

えーっと、あれ、あれ？　これじゃないな。

うーん、あった！

エクストラヒール！

これでいけるか？

鑑定、【鑑定】っと。

名　前：シェフィー
種　族：人族
年　齢：19
職　業：テイマー
ＨＰ：115／124
ＭＰ：192／225
体　力：124
力：121
魔　力：225
敏　捷：140
器　用：185
知　力：149
スキル：【水魔法3】【風魔法5】【治癒魔法2】【従魔術6】【短剣術4】【鞭術5】
【魔力操作3】【魔力回復増加1】
従　魔：ホーンラビット

状　態：　なし
装　備：　短剣、バックラー、革の軽鎧《けいがい》、革のブーツ、
　　　　風のバンダナ（頭部周辺に風の防御（小）を発生する）

うん、これで助かるな。

あとは、気がつくまでここで待っておくか。それとも、状態的には大丈夫だろうから、背負って町に連れていこうか。

悩みどころだけど、俺の決断は後者だ。

シェフィーを俺が背負い、ホーンラビットについてくるように声をかけて歩きだす。

ヴォルフには周辺警戒と、ライには上空から見てもらって、極力戦闘を避ける道を教えてもらう。

アクアはみんながお仕事モードになったのをなんとなく感じるのか、食事の催促をすることがなかった。

◇

スムーズに歩いて、町の近くまで来れたな。

思ったより早めに戻れたから助かった。

それよりも、ここまでいっさい目を覚ますような素振りもなかったな。

ホーンラビットは後ろをついてきているが……可愛いものだ。

門が閉まる直前に帰ってこられた。門では少しひと悶着《もんちゃく》があったが、俺のギルドランクが役に立った。

というか、揉め事を回避できたの初めてかも！

チョッと感動したな。

とりあえず門をくぐり抜け、冒険者ギルドに向かう。

無論、ホーンラビットもついてきている。


俺が背負っている者を見て事態を重く見たのか、受付嬢がギルマスを呼んできた。

「いったい何があったのかな？」

「従魔達が運動不足だったから、散歩がてら王都の外に出て過ごしていたんだ。そしたらこのホーンラビットが俺の周りをチョロチョロしてきて、近寄ったら歩きだしてな、この女のところまで案内してくれたというわけだ。だがこの女、状態が悪いみたいで、毒に侵されていたんだ。それで、ポーションを与えて連れ帰ってきた」

「そうなの　それで助かるのかしら？」

「たぶんな。少なくとも、高品質解毒ポーションと、中品質マジックポーションと、中品質ＨＰポーション（本当はエクストラヒールだが……言う必要はないだろう）を使ったからな」

「それ、は、また随分《ずいぶん》と奮発したものだね」

「目の前で死なれるよりはマシだろうからな」

「なんの慰《なぐさ》めにもならないだろうけど、ギルマスとして感謝します」

「自己満足だ。気にしなくていいさ」

「まあ、経緯はわかったけど、このあとはどうするの？」

「そうだな……放ってもおけないし、拠点にしている借家に連れていくか。あそこなら、ファスティ領主の所から来ている人間もいるから、この女を診ることはできるし」

「そう、じゃあ早く横にさせてあげて。何かあれば報告を頼みます」

「わかった。俺が来れなくても伝言は入れるようにする」

俺はそう言って、ギルドから出てきた。

さて、借家に戻るとしますか。

◇

さてと、家に着いたな。

戸を開けて中に入ると、俺と一緒にこの王都に来ているファスティ領主の側務《そばづと》めである、アンディとバイロンが廊下で話していた。

こちらに気づくと、すぐに挨拶《あいさつ》してくる。

「ノート様、お疲れ様でした」

「ノート様、おかえりなさいませ」

「アンディやバイロンもお疲れ様。今日このあとは、どっちが残るんだ？」

ちなみに、側務めの二人は交代で俺の借家に滞在することになっている。俺の監視というか、お守《も》りみたいなものだな。

「それでしたら、私になります」

とバイロン。

「そうか、頼むな。それで？　子供達は？」

俺が借家に住まわせてる子供のアラン、セレナについて尋ねると、アンディが口を挟む。

「それよりも、その後ろの方は？」

「おっと、そうだった。アンディ、戻るならファスティ領主に一応伝言を頼みたい。今日、王都の外に散歩がてら出かけたのだが、その際な、こっちのホーンラビットが周りをチョロチョロしていたんだ」

俺はホーンラビットに視線を向ける。

「近づくと離れて、追いかけるのをやめるとまたこちらに寄ってきてと繰り返してな……そんな感じであとを追ってみると、この女性が倒れていたんだ」

俺は背負ったままの女性をくいっと見せる。

「なるほど……それで、どうしたのでしょう？」

「（……【鑑定】したことは、一応濁《にご》しておくか）。それで様子を見ると、毒の症状と意識がなくてな、魔力欠乏もしくは死にかけていると思ったから、高品質ポーションのＨＰポーションと、マジックポーションと、解毒ポーションを使ってみたんだ。状態は安定したと思うが、この通り意識が戻っていない。それでな、ギルドに報告後、連れ帰ったんだ。どこの誰ともわからないし、滞在している場所もわからなかったからな」

アンディが頷《うなず》いて言う。

「領主邸に戻って、それを伝えよ……ということですか」

「そうなるな。場合によってはそちらに送るつもりだ。もしかしたら、俺と行動をともにすることになるかもしれんとも、なんとなく思っているが……。いずれにせよ、彼女は従魔を連れているから従魔術師だろうし、自衛もある程度はできるだろう。まあしかし、それもこれも目を覚ますまでは未定だな」

「わかりました。そのようにファスティ領主様にお伝えしておきます」

そう言うと、ちょうど出るタイミングだったようで、アンディは出ていった。

そのあとすぐに、入れ替わるようにマークがやって来た。

女性を見て驚いたように何か言っていたが、俺は「先に寝かせてくる」と、女性をあごで示してから言って離れる。

空いている部屋に入り、ベッドに女性を横にして寝かせる。

それから、健気《けなげ》についてくるホーンラビットの手足を拭いてベッドに乗せてやった。

とりあえず水差しとコップをベッドサイドに置き、棚にあったベルを近くに置く。

そして、部屋から出て食堂に向かう。

食堂には全員揃っていた。

マークが相変わらず何か言いたそうだったが、俺は「説明する前に食事の準備をさせてくれ」と言って調理場に向かった。

実際問題、チビッ子従魔達と、アランとセレナはかなり腹を空《す》かせているようだったしな。

時間をかけるわけにもいかないし、仕方ない、またもや量産した料理を出すとしようか。

シチューとパンとステーキとサラダにして、飲み物は子供達には果物を搾《しぼ》って冷やした物にして、俺達はワインにしておこう。

あとは冷やした水でいいだろう。

大きなタライに水を張ってそれに氷を入れ、飲み物の瓶《びん》などをそこに移す。それからそれごとアイテムボックスに入れて、食堂に戻った。


配膳して、待ちきれなそうなチビッ子達のために、さっさと食前の挨拶をする。

よし、食べ始めよう。

食事中に、バイロンがマークに何やら話している。

おそらくあの女性の話をしてくれているのだろうと思って、その会話には加わらずにいた。

子供達の食事量を注意して見ていると、どうやら食欲はあるようで安心した。

ちなみに、ヴォルフとアクアとライはおかわりした。

それなりにゆっくりとした食事が終わり、アランとセレナがうつらうつらし始めた。

部屋でゆっくり休むようにと言うと、二人は反論するように何か話してきた。が、二人とも言葉が意味を成していないな。

あとで時間を取ってしっかり話を聞くから今日は休むようにと言うと、アランは妹のセレナを連れて部屋に戻っていった。

……明日、起きたらまたいたりしないだろうな？

というのも、前に俺のベッドに入り込んでた、というのがあったからな。

別に嫌なわけではないんだが、ヴォルフによく頼んでおこう。

◇

さて、マークとの話はバイロンが中に入ってくれたので、それなりに短時間で終わることができた。

マークにはいらぬ苦労をさせてしまったが、そこはなんとか満足してもらえるような礼を用意しておこう。

「ファスティ領主が……」と言われないように、ファスティ領主に話して許可を得ておくことを忘れないようにしないとな。

なんだかんだでそれなりの時間になったし、俺も寝るとしよう。

朝を迎えたらしく、目に光が当たったので目を覚ます。周りを見ると、子供達の乱入はなかったようだ。

ヴォルフに聞いても、まだ部屋で寝ているようだった。


洗面を行って調理場に向かい、朝食作りに勤《いそ》しむ。

今日の朝は、一度やってみたかったモノを作ろう。

何作るんだって？

そうだな、所謂《いわゆる》、ラ○ュタパンだな！

それを少しアレンジした物にしよう。

食パンをそこそこの厚さに切り分け、だいたい五枚切くらいの厚さだな。

それにバターを薄く塗り、レタスを敷いて、焼いたオークのベーコンを載せ、チーズをふりかけ、オーブンで焼く。

焼けたトーストの上に目玉焼きを載せていき、完成！

できた物からアイテムボックスに入れて、簡単なスープも作って収納して食堂に向かった。


「飯できたぞ〜」

そう声をかけると、みんな、ぞろぞろ食堂に入ってきた。

が、最後に入ってきた人物を見て声をかける。

「大丈夫なのか？　無理に起きてこなくても、部屋に持っていくつもりだったんだがな」

「あなたですか？　倒れている私を助けてくれたのは……」

そう、俺が救出した女性だ。ようやく目を覚ましたらしい。

「そうなるな。そこのホーンラビットに案内された先が、お前のもとだったからな」

俺がそう言って視線で、女性に寄り添うホーンラビットに視線を送ると、女性が思い出したかのように声を上げる。

「あっ！　すみません」

「な、何がだ？」

「名前、言っていませんでしたよね。私の名前は、シェフィーと言います。このたびは助けていただきありがとうございます」

大げさに頭を下げるシェフィー。

「ああ、礼は受け取るが、俺達は今から朝食なんだが？」

「あっ！　す、すみません。す、すぐに出ますから！」

「いや、そうじゃなくてな？　腹減っていないか？　食えそうなら食うか？　それともこれが重そ

うと思うなら、ポトフもあるぞ？」

俺がそう提案すると、シェフィーは首を大きく横に振る。

「そ、そこまでしていただくわけには……」

「気にしなくていい。そこで、おろおろされるほうが食欲が減るから、食っていくといい。話はそれからにしよう」

俺がいじわるな感じで言うと、シェフィーは泣きそうな顔をする。

「……すみません。迷惑をかけて、さらに食事をいただくとか……」

「まあいい、それで？　食べられそうか？」

「えっと、すみません、このパンは少し今は自信がありませんので、他のをお願いできればと……」

「なら、このポトフとこのパンを食べたらいい。ただし、無理せずに食える量にしておけよ？」

俺がそう伝えると、シェフィーは礼を言った。

ゆっくりと食事をしだすシェフィー。

足元には、相変わらずホーンラビットがいたので、とりあえず、この世界の人参《にんじん》であるキャロを見せてみた。

なんでって？　兎の好物と言ったら人参だろう？　だからこの世界では、ホーンラビットと言ったらキャロだと思ったんだ。

ホーンラビットはおそるおそるといった感じでキャロの匂いを嗅ぐと、大丈夫と思ったらしく、ゆっくりと食べ始めた。

さて、全員食べ始めたことだし、俺も食うとするか。

朝食を食べながら、いつもの雑談兼予定確認をしていると、シェフィーがおずおずと声をかけてきた。

「……あの」

「なんだ？」

「一つ気になってることがあるのですけど……」

「気になること？　あの場に何か忘れてきていたとかか？」

シェフィーが首を横に振って告げる。

「い、いいえ、そうではなくてですね。えっと、私の記憶では、サーペントに咬《か》まれて毒に侵されたと思うのですけど」

「ああ、そうだな。なんの毒かはわからなかったが、毒状態であったのは間違いなく、そのうえＨＰやＭＰの状態からして良くないと判断したから、高品質ポーションと高品質マジックポーションと高品質解毒ポーションを使用して、さらにヒール系の魔法も使ったんだ。それで、そのまま王都に連れ帰ってきたんだが……ん？　もしかしてシェフィーは王都ではない別の所から来ていたか？」

俺が問うとシェフィーは否定する。

「いえいえ、私は王都を拠点にし始めたところなので大丈夫です……いや、えっ⁉　ちょっと待ってください。高品質ポーションを使用したって言いませんでした⁉」

「ああ、そう言ったが？」

驚くような、泣くような、その二つの反応を混ぜたような複雑な顔をしながらシェフィーはポツリと言う。

「……どうしよう……命が助かったのは嬉しいけど、そんな高級品を使用したなんて、ポーション代すら返せないかも」

それは、わずかにしか聞き取れない小さな声だった。

だが、俺には聞こえた。

「まあ、ポーションについては気にすんな。と言っても、この世界の常識を考えると、気にしてしまいそうだな。マーク、バイロン、この場合どうしたらいいと思う？」

マークは付き合いが長くなっただけあって遠慮もなく言う。

「どうせ決めているんだろう？　だったらそれをすればいいんじゃないか？」

マークの奴、ラピ○タパンに夢中で、俺の話はあまり聞いてない感じだな。だが、このくらいの軽さのほうがある意味正解だな。

対してバイロンは俺に慣れていないからか、慎重な意見を言ってくる。

「ポーション費用はいただくか、もしくは、それに見合う労働を提供してもらうのがよろしいのでは……」

バイロンに、マークは生温かい視線を送る。

なんだその、「俺もそう思っていた時期がありました」的な目は！　しかも、俺を非常識だと言いたげな視線も感じる！

いや、自分でも思うところがあるから、言い返せないじゃないか！

悔しがっていると、シェフィーが不安な顔をしていた。

「マークの意見もバイロンの意見もその通りではあるな。じゃあ、俺の意見を述べるとしよう」

「は、はい」

返事をして背筋を伸ばすシェフィー。

「シェフィー」

「は、はい」

そして、本題の質問をぶつける。

「今後どうするつもりだったのか、聞かせてくれないか？　冒険者としての行動でもいいし、シェフィー自身がどうするつもりだったのかでもいいんだ」

「えっ？　えっと、私はここで、依頼をこなしつつ、実力なり装備なり、知識や金銭を整えてどこかのパーティーに入るなり、作るなりしたうえで安定した生活を、と思ってました。けど……」

言いにくそうにするシェフィー。

代わりに俺が言う。

「その矢先に、サーペントの毒を受けてしまって、高級品を使って命を救われてしまった、か。その対価も払える状況じゃないのに」

「い、いいえ、助かったのは幸運です」

「シェフィーは従魔術師だよな？」

「えっと、正確には魔術師がメインになります。従魔術の適性は低いので、そこまでの魔物をテイムできなかったんです。この子フィルっていうのですけど、ホーンラビットしか成功しませんでした」

ん？　テイマースキルが低い？　スキルレベルはそれなりになってなかったか？

改めて【鑑定】で見てみたが、従魔術は6あった。

俺は、シェフィーに問う。

「なぁ、シェフィー？」

「はい、なんでしょうか？」

「そのホーンラビット以外に、これまでシェフィーがテイムしようとした魔物を一応教えてくれないか？」

「えっ？　えーっと、スライムと、グレーウルフと、ビーグリズリーと……」

なるほど、従魔術が6あれば、テイムできない魔物ではないな。

ということはつまり……

「なあ、その魔物が単独時にテイムしようとしたか？」

「いえ、複数体いるときでしたけど？」

当たり前のように答えるシェフィー。

こりゃ何もわかってないな、と俺は話す。

「……シェフィー、それたぶん、テイムの術自体が失敗しているぞ？　なんでかって？　答えは簡単だ。シェフィー自身が動き回って術に意識を集中してなかったんじゃないか？　つまりな、複数体の魔物をターゲットにしてたんだよ。基本的にテイムは一個体にするものだから、複数体同時展開は無理だろう？」

まあ、複数体であっても、たぶん俺ならいけるけどな。

「そ、そうですね。フィルのときはこの子だけでしたから。ってことは……それじゃあ私、他の子もテイムできるんですか？」

「その可能性は高いと思うぞ」

シェフィーは目を輝かせる。

「あ、あの！　図々《ずうずう》しいお願いだと思いますが、従魔にしたい子がいるんです。……手伝ってもらえませんか!?」

いきなり手伝えとは確かに図々しい気もするが、まあいいだろう。

「まあ、いいが。その話はあとでしよう。それよりもだいぶ脱線したので、俺がしたかった話に、話を戻そう」

そうして、俺はシェフィーに持ちかけようとしていた条件を告げる。

「ポーションの代金とかに関して俺は別に構わないんだ。だがな、パーティーでもないシェフィーに、俺が高級な物を無償提供したとなるとギルドはいい顔はしないだろうし、俺の所に『無償提供しろ！』と言いに来る奴らがいないとも限らない。なのでな、ここからは提案なんだが、衣食住のうち食と住は提供するので俺に雇われないか？　仮のパーティーでいいからさ。俺の家の、まあ、護衛みたいなもんだな。少しだけ試してみて、合わなかったらすぐに辞めてもいいし、居心地がいいならそのまま居着いてもいいぞ？」

シェフィーが困惑しつつ、おそるおそる口を開く。

「……私にとっては、かなり破格な待遇のような気がします。だけど、私に何をさせようというのですか？」

シェフィーは俺に何かさせられると思っているらしいな。別にそんなつもりは何もないのだが、濁しておく。

「その辺は後日詳しく話すから今は気にしなくてもいい」

すると、会話を聞いていたマークが首を横に振っていた。

一方バイロンは、ファスティ領主への報告をどうしようか頭を悩ませているようだった。

まあ、本音を言えば、そろそろ単独じゃなくパーティーとか作ってみたいと思った。

それだけの理由なんだけどな。

3 ついに拠点確保

話が終わり、食事も終わったところで、俺はリディアの家に向かう。

借家にいる人達はというと、子供達は勉強、シェフィーはマークに書類を渡され、記入していた。なんかの手続きがあるのかな。

リディア宅に着き、扉をノックして中に入れてもらう。

お茶と茶菓子は俺のほうで用意した。準備が終わり、テーブルについたところでジーンがやって来る。

「それで、今日はどうしたのかしら？」

「あー、新しい家にはいつでも移動できるようになっているがどうする？　ジーンの健康状態的に移動可能なら、このあとファスティ領主に話をして契約の見届け人？　になってもらうために声をかけるが？」

「そういえば、あなたのスキルを公言しない、みたいな契約があったわね。そうね、自分では健康状態がどうなっているかわからないのだけど、私は移動可なのかしら？」

ジーンを【鑑定】で確認すると、「可」となっていた。

そのことを伝えると、ジーンは荷物はまとめているからいつでも良いとのことだった。

俺は急ぎ借家に戻り、子守りをマークに頼んで、バイロンを連れてファスティ領主邸に向かう。

ファスティ領主に契約の話をすると、都合が良いことに今は手が空《あ》いてるのですぐに引っ越しを行おうとなった。

家の場所を聞き、バイロンを連れて借家に戻り、借家のみんなに引っ越しの話をすると、全員が荷物をまとめだした。

それはいいのだが、シェフィーまで荷物の整理をしている。

今日目覚めて間もないのに、まとめるほど荷物があるのだろうか？

そこはもう考えないようにして、俺は従魔達とリディア宅に再度向かい、荷物を片っ端からアイテムボックスに仕舞っていく。

忘れ物がないか確認して、ジーンとファスティ領主を連れて、新居へ向かうことにした。


ここが、王都での俺の新拠点となる家だ。

ファスティ領主から、例の契約の説明を受ける。

別にここでやる必要もないと思うんだが、拠点で同居することも契約に含まれているためか、ここで交わす必要があるらしい。

俺もジーンも双方ともに問題がなかったのでサインを三部書き、一枚は俺が、一枚はファスティ領主が、一枚はジーンが持った。

ファスティ領主に今朝の話、つまりシェフィーのことをそれとなく確認すると、バイロンから話がいっていたらしく、再度契約書類を用意しているとのこと。

あとは、そうだな……やることが多いな。

俺は再び借家に舞い戻った。

借家では、全員が荷物をまとめて待っていた。

各部屋を見て回って、忘れ物がないことを確認する。

そして問題はなかったので借家の鍵を閉めて、みんなで新拠点に向かうことにした。

◇

ようやく、新拠点にみんなを集められたな。

初めて顔を合わせる人達同士で簡単に挨拶を交わしてもらう。バイロンとマークにこの場を任せておこうかな。

俺はファスティ領主に、シェフィー、アラン、セレナを紹介する。

シェフィーとは念のため、いつもの守秘に関する契約をするとのことで、その場で再度書類にサインを行った。

このあたりで昼になったので、作り置きを出した。

昼食を食べつつ、みんなで話をする。ファスティ領主、カインズ、アンディもいるのでそれなりの人数だな。

「みんな聞いてくれ。あっと、マーク達は別に聞かなくて大丈夫かな？　飯食っててくれ。ファスティ領主も大丈夫です。よし、ジーン一家とアラン達とシェフィー達はこのあと買い物に行くのでついてくるように」

リディア、エリオス、アラン、セレナはよくわからないのか、首を傾げている。

「服や食器や必要物品を買うぞ！」

俺がそう言うと、シェフィーが聞いてくる。

「買い物の荷物持ちですか？」

「違う！　お前達の物を買いに行くんだ！　せっかく住む場所ができたのだから、新生活に合う物を買うんだ。あと、子供達の食器類は木にしようと思うが……」

「それでいいんじゃないかしら」

ジーンが答えた。

子供達も「自分の」が買ってもらえるとあってテンションが高くなる。

ファスティ領主が尋ねてくる。

「ノート殿、それは君のアレ（財布）だからいいと思うけど、そのあとはどうするの？」

「そこは俺が……」

俺が稼げばいいしなと、その辺はいろいろ規格外だから濁しておくかと思ったが、ファスティ領主が口を挟んでくる。

「そうじゃなくて、話さないのかい？　せっかく契約したのに？」

「確かに契約しておいたなら言っても問題ないか。ファスティ領主、全員の契約は終わってますよね？」

「ああ、大丈夫だよ」

「じゃあ、買い物前に話をしよう」

それから俺は、ファスティ領主に事前に話していた、いろんなポーションが製作できること、それだけじゃなくて魔道具まで作れることをみんなに話した。

そして、みんなと結んだ契約はこれを守秘するためだったことも伝える。

加えて、今いる人間を守るためにある程度自衛できるように奴隷を雇うこと、奴隷に身を落としている可能性があるアランとセレナの親を探していることも話しておいた。

なお、家の中の家事全般に関しては、ジーンに頼むことにした。確か、元は貴族家のメイドだったようだしな。

さらに、もう少し人を増やすという話もしておく。

その話に、質問がジーンとシェフィーから挙がる。

これ以上人員は必要ないのでは？　とのことだが、それの疑問に俺は答える。

「この家だけならそうなのだが、各地の気に入った所に住んでもらう人員も必要になるかもしれないだろう」

家を手に入れても人が住まないとすぐに傷む。拠点は増やしていく方針だし、今のうちにそういうことも視野に入れておかないとな。

「さて、これで話すことは大丈夫ですかね？　ファスティ領主」

ファスティ領主に確認すると、笑みを浮かべる。

「そうだね。あと必要になればだけど、私の所の執事とメイドを教育係として派遣もできるから、もし必要になったら声をかけてね」

「配慮、感謝します。その際はぜひともお願いします」

とりあえず、今日の話し合いは終わったな。

ファスティ領主には何かあれば連絡を入れると言い、自分の邸に戻ってもらった。

その後、マークは荷物を自分の部屋に置きに行った。

この新拠点の作りを説明しておくと、下の階は作業所と店舗部分と食堂と台所とトイレ。上の階は部屋が六つほどあり、そこで生活することになっている。

元店舗だったので、そういう作りになってるんだよな。

で、部屋の割り振りに関しては、二階の二番目に大きい部屋をジーン一家に、一番大きい部屋を俺が、三番目に大きい部屋を子供達に。あとの部屋は大きさは同じなので、好きに使うようにと言っておいた。

ちなみに、小さい部屋でも大人二人程度の荷物とベッドを置いても十分な広さがあった。

さて、買い物に向かうとするかー。

ま、ジーンに子供達の物を選ぶのは丸投げするんだけどな。

4　買い物だー！

出かける前に、ジーン一家とアラン&セレナ、シェフィーに確認する。

「全員荷物を各人の部屋に置いてきたか？　一応聞くが、雑に広げただけにしてないだろうな？」

ソッと目を逸らすシェフィー。

ああ、うん、なんとなく予想はしていた人物だ。

「まあいい、掃除は各自で行えよ。ジーン、週一くらいの間隔で、各部屋をチェックしてくれ」

「わかったわ。できてなかったときはどうするの？」

「手間になるだろうが、そのときはなるべく物を捨てずに片付けてやってくれ」

そう言いつつシェフィーを見る俺。

そして、目を逸らし続けるシェフィーに、ため息をつくジーン。

二人の微妙な雰囲気に、子供達が落ち着かなくなる。

「頼むぞ、ジーン。じゃあ、ここにいても微妙な雰囲気のままだから、買い物に行くぞー」

そう声をかけると、子供達ははしゃぎだすのだった。

◇

子供達を何人も連れ歩いていると、良からぬ考えの輩《やから》が現れるものだが……特にそんなこともなく目的地の一つである雑貨屋にたどり着いた。

パンを入れるバスケット、皿、スープ皿、サラダを入れるボウル、それを入れる小さめの深皿、他の副菜を入れる深さのある皿、メインの料理を入れる用の洒落た大皿、中皿、ご飯を入れることのできそうな丼《どんぶり》といった食器類をまとめて購入した。

あとは、二種類の取り分け皿と、カトラリー各種。コップとティーカップを三種類をワンセットとして子供用五人分、大人用十人分、来客用にさらに五人分を購入する。

全部で40万ダルもしてしまったが、これは必要経費だ。お金を払って、アイテムカバンに入れていく。

まあ、これくらいなら余裕で入るしな。

その後は服屋に向かっていった。

服屋に着くと、入るのに店の人と押し問答《もんどう》になった。

理由はまあ、身なりからして支払いできるのか……とかそんな感じ。

だが、俺が大金貨を数枚見せると、その店員は手のひらを返し、満面の笑みで接客をしだした。

まあ、腹が立つ部分もないとは言えんが、客商売だしあまり店に合わない客は……という気持ちもわからなくもない。

俺は服に関しては完全に門外漢《もんがいかん》だから、ジーンと店の人に任せた。

店員には、そこそこの質の服で普通に出歩けるような物五着、仕事着を三着、部屋着（寝間着兼用）を三着ずつ、そんな感じで各人に買うという話だけ伝えておいた。

これとは別に、各サイズ男女別を三着頼んでいる。

まあ、今後メンバーが増えたとき用だな。

ジーンと店員があーでもないこーでもないと議論を交わしている。

俺？　俺の服はもう決まったので、従魔達とたわむれているけど何か？

店員が会計が大丈夫なのかと心配しだしたので、さらに数枚大金貨を出しておいた。すると安心したのか、またジーンと議論をしだす。

しかし、服一つ選ぶのによく飽きないものだなぁ。

それからそれなりの時間が経った頃、ようやくジーンも店員も納得いったようで一気に決まっていった。

会計の場に行くと……高い。正直やりすぎた感はあったな。

が、これも必要経費だからな。

支払いをしてアイテムカバンに入れていく。店員がアイテムカバンを羨ましそうに見ていたが、やらんぞ？

ジーンも清々《すがすが》しい顔で戻ってきたが、俺を見るなり詫《わ》びてきた。なんでだ？

「ごめんなさい。こういった買い物は随分久しぶりだったので張りきりすぎたわ。その結果、散財させてしまったわね」

「なんだそんなことか。それなら気にしなくていいぞ」

「でも……」

「周りを見てみろ。とくに子供達の顔をな」

俺が言った通り、周りを見るジーン。

「見たか？　あの嬉しそうな顔を見て、安いのに替えることができるか？　あの顔にしたのはジーンなんだ。胸を張っていればいいいさ」

「あなたって人は……」

「前も言ったかどうか忘れたが、金に関しては気にしなくていいぞ。減ったら稼ぐだけだからな」

俺がそう言うと、ジーンは笑った。

「そういえば、正気を疑うような物を作れるんだったわね」

「正気を疑うは余計だ」

ジーンの表現がちょっとおかしいのはさておき、彼女は真面目な顔で心配してきた。

「随分とかかったけど大丈夫なの？」

「まあ現状問題ないな。現金が足りなくなったら、物を売るだけだからな」

俺が呑気にそう言うと、ジーンがどう思ったから知らないが、気にしてないような、困ったような表情になっていた。まあいいか。


買い物は終わったことだし、帰ったら夕飯の支度でもしようかね？

何が良いかなぁ。従魔達はマナを除けば肉主義だから焼いた肉を渡すとして、俺達はどうしようかね。

あっ、そうだ！　オーゴで購入した海鮮でＢＢＱにしよう。

ＢＢＱなら海鮮だけじゃなく肉も一緒に焼くことができるしな。

新生活初日になるのだし、少し豪勢でもいいだろ！

じゃあさっそく家に帰って……

しまった！

鉄板とか鍋《なべ》とかフライパンとか包丁《ほうちょう》、まな板等のキッチン用品を買ってない！

「みんな、すまん。帰る前にもう一度雑貨屋に向かってもいいか？」

「どうしたのかしら？」

ジーンが聞いてくる。

「夕飯の準備を考えていたのだが、考えている最中に、キッチン用品がないことに気づいたんだ。なので、それらを買いに行こうと思ったんだよ」

「一応、私達のはあるわよ？」

「いや、そういう意味で言うなら俺だって持ってる。だが、俺の家に住む誰もが使える常備品を用意しようと思ったんだ」

「わかったわ」

子供達も特に不満はないようで、一緒についてきてくれるようだ。

というか、子供達同士でお話ししながら歩いているから、そもそも俺達のことなんか気にしてないというべきか？

とにかく雑貨屋に再度向かい、店に入った。

さっきの店員が寄ってきた。

「先ほどのお客様ですよね？　いかがしました？　何か商品に不備でも？」

そう言って心配そうに見てくるが、そうじゃないんだ。

「いや、そういったことではなく、単純に買い忘れというか、必要になる物を思い出したので買いに来たんだ」

俺が説明すると、店員は安心したらしい。

それからすぐに笑顔になる。

「どういった物を探しているのですか」

「今回買うのは、大中小に特大の鍋と寸胴《ずんどう》、さらにフライパンも大中小を二……いや、できたら三セットずつと、鉄板と、網《あみ》が欲しいのだが……」

「えっと……その、ご用意はできますが、その点数での購入はもう買い忘れというようなお話ではないですよね？」

わざわざ言うな。

自分でも、買い忘れというレベルじゃないなと思ってるんだから。

その後、店員二人がかりで商品を用意してくれた。

で、代金を払い、店員に礼を言い、アイテムカバンに収納していく……だから羨ましそうに見たってやらんぞ⁉

すべて収納できたので店を出る。

そろそろ食事の準備時間だな。急いで戻ろう。

◇

家に戻ってきて、急いで裏庭のほうに行く。

時間もないからな。ささっと土魔法を使って鉄板等を置く台を作って、肉と魚を切り分けて野菜も用意する。

あとは簡単なスープと、みんなの飲み物は果実水でいいかな？

準備を終えると、だいたいの時間で言うなら夕食時になったので全員を呼び込む。


みんな集まったな。

ＢＢＱは子供達には少し危険かもしれないので、隣に大人がついてもらう。

それはさておきだ。

どういう察知能力を持っていたらこの絶妙な食事のタイミングに、バイロン、アンディ、そしてファスティ領主、そしてファスティ領主の執事であるカインズが揃って来られるんだろうな。

説明を求めるとカインズが言う。

「なんとなく私の勘が、『ノート様が、美味《おい》しいうえに大人数で楽しめる食事を用意しそうな気がする！』と騒いだのです。領主様に伝えると、すぐさま移動を開始することになり、皆でここに来ました」

「なんだそれは！　もうそれ何かのスキルだろう!!　もしくは誰か俺をつけていたのか!?」

「執事の嗜《たしな》みです」

「そんなわけあるか!!　執事の嗜みを免罪符にするなよ!?」

そこで、ファスティ領主が間に入る。

「まあまあ、それよりも食事を始めようよ、みんな待っているようだよ」

くそっ、絶対にいずれカインズに問いただしてやるか、【鑑定】にかけてやる！

そんな騒動があったものの、ＢＢＱを開始する。

肉には、いつもの焼肉のタレにしようかな。

魚や野菜にはお好みでポン酢も使うとしようか？

それとも味噌《みそ》ベースのソースを出すか？

……両方出すとしよう。迷ったら両方用意するか、両方出さないかが正解だよな。よくわからんが。

さて、食べ慣れてない住人に食べ方を教えつつ、それなりに楽しく騒ぎながら食事をしていく。

ふと思い出したので、ファスティ領主に例の準男爵の件の話を聞いてみる。

準男爵っていうのは、ジーンを苦しめていた騎士バリーの背後にいた黒幕。その処遇を巡って貴族の特権が適用されそうになったので、俺が激怒したという経緯があった。

「それについては明日一緒に聞きに行こうか。宰相から連絡を受けているから、宰相の館に向かえば詳しい話を聞けるよ」

「わかりました。そのときに少しお願いがあるのですが……」

俺がそう言うと、ファスティ領主はちょっと警戒するような顔をする。

「少し怖いのだけど、そのお願いというのを聞かせてもらえないかな？」

「出先のファスティ領主に頼むのは多少気が引けるのですが、宰相にモノを売りたいのですよ」

そう言ったら、ファスティ領主はそれなら大丈夫かと胸を撫《な》で下ろしたのだった。

5　宰相との再会

食事のあと、ファスティ領主達は帰っていった。

みんなには寝る前に体を拭くように言い、各人に桶《おけ》に入れたお湯を渡していく。

でも湯桶は足りないので、順番に使ってもらわないとな。

俺達とジーン一家はそれぞれ自分達の部屋で、アラン&セレナは俺の部屋に来て、体を拭いてもらった。

シェフィーはジーン一家の部屋で一緒に体を拭いていた。

最後はマークとアンディが順に体を拭いて、これで終了。

だが、これを毎回やるのはちょっとめんどくさいな。せめて俺が湯を出さなくても各々でできるように、湯を出す魔道具がないか聞いておこう。

あとは、今日やらないといけないことは特にないか。

金策のため、少しポーション各種を作っておこうかな。

その後、高品質まで数十本単位で作って、今日は寝ることにした。

◇

朝か……

まだ慣れていないから、なんとなくここが自分の家だと思えないな。違和感のほうが強いって感じだ。

まあ追々慣れるだろう。

他の者達は……寝ている人数のほうが少ないか？

一階に下りると、ジーンが台所にいた。

なぜか困惑げにしている。

「おはよう、早いな。何をやっているんだ？」

「あら、おはよう。何って、みんなのために朝食を作ろうと思ったのだけれど、材料が何もないのよ」

そういえば、ジーンに家事全般を任せると言ったんだっけな。

飯は俺がやるつもりでいたんだが。

「ないのは当たり前だろう。食材はすべて俺が持っているのだからな。お前の家に置いたアイテムボックスのようにな」

「そうだったわね……じゃあ材料を出してちょうだい」

朝食はジーンに任せてしまうか。

「わかった。それじゃあ頼むとするかな」

「ええ、任せて」

急に時間ができてしまった。

さて、俺は何をするかな。

「じゃあ俺は、空いた時間で、作業所のほうでいろいろやってみようかな。店舗部分もあんなに広くなくても良いだろうし」

新拠点の部屋は使い道が決まってない。

なら、いろいろいじってみるか。

「何をするのかわからないけど、あまりすごいのはやめてよ」

そう言って困惑げな顔をするジーンに、俺は今考えている構想を伝える。

「浴室と地下室を追加しようと思っているだけだが？　お湯を出せるような物があったり、地下室の温度を一定にできるような魔道具があれば買いたいけどな」

「それを……いえ、いいわ。あなたの家だし文句は言わないけど、せめて危険を考えて作ってもらいたいものだわ、子供達のためにも」

「わかった。まあ、子供達が触ったらいけない物は、近づかないように作っておくさ」


そんなこんなで朝食を作るのを任せた俺は、作業所のほうに来てみた。

この作業所はひょっとすると、倉庫も兼ねていたのか？

とりあえず広さを測ると、縦横二十メートル以上。店舗部分も入れるとそのひと回り以上はあった。

かなりの広さだな。

さて、浴室には脱衣場と浴槽を作るか。

男女別にするための壁を作って真ん中で分けよう。それで双方にお湯が出るようにしておけば良いかな。

あとは、昔の銭湯にあったようなライオンの口からお湯が出る所とか……

トイレの増設もしないとな。女性子供率が高いから、ちょっと工夫が必要かもなー。

そうこうしているうちに食事ができたらしく、リディアが呼びに来た。

「ノートおじさん、お母さんがご飯できたって言ってるから早く行こう?」

リディアは俺がやっていることがわからないらしく、首を傾げて浴室の入り口を見入っていた。

「そうだな、急ぐこともないだろうからな、ぼちぼち作っていくか。リディア、呼びに来てくれてありがとな。食堂に向かおう」


食堂に入ると全員揃っていた。

今日はアクアもしっかり目を覚まして待っていたようだ。

「みんな、おはよう」

「「「おはようございます」」」

「「「おはよう」」」

『おはようございます、ご主人』

『おはよう~』

『ごはんなのー』

ヴォルフとは俺が起きた際にしたから、ヴォルフからの挨拶はなかった。アクアは相変わらずだが、気にしないでおこう。

ジーンが食事を運んでいるのを見て、ワゴンもいるなと心の中でメモる。

俺は、食事を運ぶのを手伝うというか、すべてアイテムカバンに入れて再度出すだけ。

とにかくそんな感じで、全員の前に食事が行き渡った。

食前の挨拶をして食べ始める。先に食べていた奴もいるがな。

食事をしながらジーンやマークに、今日の行動予定を共有しておく。

子供達にはお手伝いと、勉強をさせるらしい。

ちなみにこういう話し合いにはアンディ、バイロンは加わらない。なぜなら、突発的に俺が連れ出す場合があるし、基本ここに詰めておくことが二人の任務だからな。

みんなの予定を聞いたあとは、俺の行動予定を伝えることにした。

今日は、ファスティ領主と宰相の館に行く予定があるのだが、アンディには同行してもらうことになった。

アンディの代わりに、マークにはなるべくこの家にいるようにお願いしておく。

シェフィーは従魔を増やしたいらしく、俺についてきてほしいとおねだりしてきたが……今のところは後回しだな。

とりあえず自分の実力とフィルとの連携を練習するように言い聞かせている。

そんな話をしていると、そろそろ出かける時間になった。

アンディを連れて貴族街のほうに移動する。

昨日用意した物と、以前用意したというか作っちゃった物、買い取ってくれるかなー。

◇

特に止められることもなく貴族街に入る。

ファスティ領主邸に着くと、ファスティ領主が出てきた。

こちらが着くなり馬車に乗り、ファスティ領主、執事のカインズ、俺で宰相の館に向かう。

しかし、歩いても十分で着くのにわざわざ馬車に乗らないといけないのか。

貴族の見栄《みえ》なのかね？

俺が来たときには馬車がすでに出ていたけれど……馬屋にいる馬を連れて出てきて、馬車に繋げる、といったことをする時間があったら、宰相の館に着きそうだ。

これは俺が一般人だからそう思うのかな？

あとで機会があったら聞いてみよう。

その後すぐに敷地に着き、カインズに続いて馬車を降りる。

前回の失敗を踏まえて、前もって貴族の作法に則《のっと》った降り方を聞いておいて良かったよ……これで同じことをやらかしたら帰るつもりだったけど。

ファスティ領主が降りてきたのでそう言ったら、若干乾いた笑みを浮かべていた。

宰相の執事も用件を伝えられているらしく、宰相の館に案内してくれるそうだけど、あれっ？前回と道順が違うような？


たどり着いた先は、かなり広く落ち着いた雰囲気の建物だった。

中に入り、応接間に案内される。

俺達を待ち受けていた宰相が、さっそく話しだす。

「よく来てくれた。子爵《ししゃく》もご苦労様。ノート君も足を運んでもらってすまないな」

ファスティ領主の爵位は子爵だったな。今さらだが。

俺は姿勢を正して対応する。

「いえ、こちらの案件を宰相様に預かってもらって処理をお願いしているのですから、何かあれば何度でも伺わせていただきます」

「まあ、そう固い言葉を使わなくても良い。もちろん公《おおやけ》の場だと困るが、この場では慣れない言葉遣いをしなくても構わないぞ」

「ありがたいお言葉ではありますが、このままでお願いします。普段の口調になると、公の場でも出ないとも限りませんのでご了承いただけたらと思います」

自分で言うのもなんだが、いつも態度がよくないからな。

慣らすためにもこういう機会にはちゃんとしておこう。

「そうか、その辺はノート君が話しやすいほうで構わないが。さて、挨拶はこのくらいにして、本題を話そう」

「よろしくお願いします」

宰相が襟《えり》を正して言う。

「まず、準男爵だが、今回の件も含めて、あの者が準男爵になった日までさかのぼり、徹底的に調べてみた。そこで発覚したのは到底許せるものではなかったのだ。陛下にお伺いを立てて決定した罰を先に教える」

「迅速な対応ありがたく思います」

「うむ、それでだが、あの者の財産は没収し、本人は処刑…………最後まで聞きなさい」

俺が「処刑」という言葉を聞いた瞬間に拒絶しようとしたのを見て、宰相が慌てて俺の言葉を制する。

「……本人は処刑になるのだが、ノート君に一つお願いがあるのだ」

「……なんでしょうか？」

不満げな俺に、宰相は言う。

「ファスティ子爵から、ノート君が安易な死罪は好んでいないと聞いているが……それはわかっているのだが、それにもかかわらずこういう結論にせざるをえなかったわけを話そう。それでも許せないのであれば遠慮せずに言ってくれ。とりあえず、繰り返しになるがいったんすべてを聞いてほしい」

「わかりました。説明をお願いします」

「ありがとう」

宰相は大きく一息つくと、一気に話しだす。

「こうなった理由だが、準男爵家は、やはり貴族家ゆえに潰すことはできなくて、その家を他の誰かに代替わりしてもらうことになるのだ。代替わりの条件は次になるのだ」

それは次の三つだと言う。

① 本人が年老いて貴族としての役目を果たせなくなった場合
② 問題もない状態で引退した場合
③ 死罪になった場合

この三つのケースでなければ、子に相続もさせることができないらしい。

宰相はさらに続ける。

「これらの理由から、今回は子に継がせるためにあの者に死罪を言い渡すしかなかったのだ。なので、了承してほしい」

「それ以外の方法はないのですか？」

「これが、古くからある貴族家ならば陛下に新たな家名を賜《たまわ》り再出発等できるのだが、今回の貴族家はここ十年ほどでできた新興貴族なのでその手が使えないのだ」

「えーっと、私にはいまいち理解できなかったのですが、なぜ古くからある貴族はできて、新興貴族はできないのですか？」

混乱する俺に、宰相が説明してくれる。

「ノート君はこの国どころか、この世界の生まれではないからわかりづらいか。そうだな、古くからある貴族家は、他の貴族家との関わりが深かったり、王家から降嫁《こうか》されてその血が入っている。つまり、その中に不届き者が出ても、陛下の責任ではなく、前王や他家の責任とも言えるのだ」

宰相は続ける。

「それに対して新興貴族は、陛下自身がその権利を与えたのだ。それが十年ほどで取り潰しになると、陛下の任命資質を問われる。そうなると国内で諍《いさか》いが起きてしまいかねないし、諸外国から干渉され最悪戦争になるかもしれん。そうなったら最初に犠牲になるのは国民達だ……それだけは避けたい!! だからお願いする! 今回のこの処置を受け入れてくれんか!」

正直よくわからないが、貴族・王族らしい体面といったようなものらしい。

俺はため息交じりに言う。

「ふぅ、確かに私は安易な死罪は嫌いですが、今回のように丁寧に説明を受け、大多数の命を救うためとあらば致《いた》し方ないでしょう。他に道があるというわけでもなさそうですし」

ここでチラッとファスティ領主に視線を送る。

ファスティ領主もこちらに気づいたので、「頼み事をするぞ?」という気持ちを視線に込めてみた。

「それで、代わりといってはなんですが、一つこちらからも頼み事があります」

「受け入れてもらったのだ、私の手が及ぶ限り聞こうではないか」

「ファスティ領主様から聞いているかと思いますが、私は冒険者ですが、物作りが得意なのです。それで、路銀稼ぎとしていろんな物を売り歩いているのですが、その一部を宰相様に買っていただけないかと思います」

宰相の目が少し細められる。

疑っているようだ。

「一応作った物をファスティ領主様にも買っていただきましたし、不備もないようです」

宰相の視線がファスティ領主に向く。

ファスティ領主が言いきる。

「ええ。ノート殿からはかなり安めに購入しましたよ。もちろん、うちお抱えの商人や鑑定をできる者に見てもらってます」

宰相は少し興味が惹かれたようで、再度俺のほうを向く。

「ふむ、ファスティ子爵がこう言ってはいるが……物が何かにもよるな」

そう問うてきたので、俺は返答する。

「えーと、ファスティ領主様にお売りした物は、三分ごとにＨＰ５回復の効果がついた『回復のネックレス（小）』と、（小）ランクの毒無効がついた『解毒のブレスレット（小）』。そして、力が５％上昇する『力強化の指輪（小）』ですね」

ファスティ領主は頷いている。

「あっ、ちなみにオーゴ領主様にもお売りしました」

そう言うと、宰相がものすごい勢いで食いついてきた。

「そのような物を作ったというのか⁉」

「ええ、材料がなくこのくらいの物しか作れませんでしたが……」

「何を言っているのかね⁉　そのような物ならば、王に献上してもおかしくない逸品だぞ⁉」

「そのようなことを言いますが、私は近寄ることもできなかったのですがね？」

貴族街にさえ入れてもらえなかったことを皮肉るように言っておく。

あのときはムカついたからな。

「はっ？　何を言っているのかね？」

そこでファスティ領主が間に入り、詳細を話してくれた。

話を聞いているうちに、宰相の眉間にだんだんシワが寄っていった。

俺のほうに向き直る宰相。

「あの話はノート君の話だったのか、国民区と貴族区との境界線での話は聞いているが……よし、私もその件で動くとしよう。そして一日も早く陛下と謁見をしてもらわないと」

「それは良いですが、宰相様、私の路銀稼ぎをお願いできませんか？」

改めてお願いすると、宰相は困ったような顔をする。

「しかし、それを買うとなると、陛下への献上品がなくなるのでは？」

「お売りする物は複数あるので大丈夫です。路銀稼ぎをさせてもらえないとなると……仕方ありませんね。冒険者ギルドか商業ギルドから、王都でも有数な商会を教えてもらって売却することにします」

「何を言っとるのかね⁉　陛下に献上しないでどうするのかね！」

そこに、ファスティ領主が援護してくれる。

「宰相様、落ち着いてよくお考えください、ノート殿は複数あると言っております。つまり、陛下への献上品はちゃんと取って置いてくれているはずです」

「いや、陛下のみならず、王族の分まであればなお良いではないか？　違うかね、ファスティ子爵？」

宰相はどうしても自分のやり方にこだわりたいらしい。

「宰相、よく思い出してください！　彼はこの国の人物でもないのですよ？　そのような無理強いはダメです」

「しかしだな！」

「何よりノート殿の好意で陛下へ献上品をと言ってくれていますが、彼にとってはなんの得にもならないのですよ？　そのあたりをよくよく熟考しませんと」

「なぜ得にならない？　……あっ⁉」

宰相は目を見開いていた。

「落ち着かれたようで何よりです」

「ファスティ子爵ありがとう。そうであったな。彼は国民でないし、冒険者だからこの国から出ることもあるのだな」

ファスティ領主は頷きつつ告げる。

「その通りです。というか、宰相に購入してほしいのですよ。私とオーゴ領主との間で取り交わした契約があります。それは、もし陛下がこの魔道具に興味を示されることがあるならば献上しようという内容なので、どちらにせよ陛下に献上するつもりなのです」

「なるほど、そして私が二つほどセットで買えば、王族全員分が確保できるのだな？」

「ええ。それに、王族が欲しがるのは確実に『解毒のブレスレット（小）』だけでしょう。なので他の二つは回復の物は我々に、力の強化の物は信用できる部下などに……ということもできます」

「わかった。ファスティ子爵、それでいくとしよう！」

黙って二人の話が終わるのを待っていたのだが、ようやくまとまったらしいな。

「待たせてすまない、ノート君」

「いえ、大丈夫です。宰相という立場もあるわけですし、王族のためになる物と聞けばこうなることは多少わかっていたので。それで、購入してもらえそうですか？」

俺が問うと、宰相が答える。

「ファスティ子爵に売った物を二つずつ購入しよう」

「ありがとうございます。話を聞いていて需要がわかったので、本当は宰相様に最初売ろうとしていた物は、陛下への献上品としましょう」

俺がそう宣言すると、多少違和感を覚えたファスティ領主から問いかけられる。

「何を献上するのかな？」

「えっ？　ああ、これですか？」

と、ブレスレット複数を取り出す。

それを見てファスティ領主は、自分が持っている物と見比べる。

「私が持っている物と似ているが、これはなんだい？」

「これは、『解毒のブレスレット（小）』『麻痺耐性ブレスレット（小）』『睡眠薬耐性ブレスレット（小）』ですね」

「毒だけじゃないだと!?」

「これを献上しようと思います」

これがあれば、弱い状態異常ならある程度防げるだろう。

……ただ本命をどうしようかな!?

「ノート殿、そんな物も持っていたんだね……」

「まあ、自分用に一応用意はしていたのですが、使うことがなかったのでこの際献上品として陛下にお渡ししようかと思いまして……『解毒のブレスレット（小）』にかなり食いつかれたので、それならいっそのこと、『状態異常（小）』のみですが、無効にできる物をセットで渡そうかと」

その言葉に対して、宰相が大声を出す。

「素晴らしい！　これだけの物があれば、あってはならないこととはいえ、少々の状態異常なら無効になるということか！　うむ、準男爵の件は、ノート君に捕縛を頼むつもりだったが、私がすべて行おう。そして一日も早く謁見が叶うように陛下に話をしなくては！」

「えっ？」

準男爵はまだ野放しのまま。

俺も、自分が捕縛するつもりでいたんだが。

「良いのだ！　そのような些末《さまつ》なことでノート君の気分を害するわけにはいかぬ。この期に及んで、あの者がノート君に不敬を働いて、謁見前に国を出ると言われるような危険を１％でも増やすことになるかもしれない事柄は避けてもらいたい！」

「はぁ、確かにこのあと捕縛に行くのは面倒だと思ってましたが……」

「だろう!?　なら私に任せてほしい。先ほどの件も確実に守る、そして遺恨を残さぬようにすることを約束しよう！」

「……わかりました。お任せしましょう。確かに私が前に出て捕縛をしたあと、陛下との謁見があって覚えもめでたくともなれば、世間の注目を浴びてしまい、いらぬ妬みとか恨みを買いそうだ」

宰相が嬉しそうに言う。

「では、私はあとの処理を行い、謁見が決まったら呼びに行くので待っていてほしい」

「わかりました。ファスティ領主様経由で連絡いただけるようにお願いします。あと、謁見当日の連絡はやめていただけたら助かりますが」

当日連絡は困るからな。

「うむ、前日夕方までにファスティ子爵に連絡をするとしよう。あとは、服だが……」

ファスティ領主によると、俺の分も用意しているとのことだった。

サイズとか気になって聞くと、カインズがサイズチェックしたらしい。

……なんでもありだな、カインズは。

そうしてその日は話し合いが終わり、帰宅することになった。

6 国王との謁見

宰相と会った日から三日間は、特に何も起こらず平和な日々だった。

従魔達と日帰りで狩りに行って薬草採取や肉補充をしたり、皆と食事を作ったり、ポーションを売ったり。

それなりに充実しつつもゆっくりしていると、準男爵家の当主が行っていた不正がさらに発覚したとの報を受けた。

まあ、継がせようとしていた家族の関与は認められなかったのが、不幸中の幸いだったが。

なお、当主は不正奴隷売買を行っていたとして、あっけなく処刑。

長男が跡を継いだのだった。


そんな知らせを聞いた日の夕方。

ファスティ領主の伝言を持って、カインズがやって来た。

「ノート様お待たせいたしました。宰相様から、主であるファスティ領主様のもとに連絡が入りました。明日の昼一時に謁見を行います。なので、十一時過ぎに迎えに参りまして、いったんファスティ領主邸にお越しいただき、着替えをしたあと、ファスティ領主様と共に王城へ向かいますので、それまでに準備をお願いします。もちろん、王城では途中で従魔達の食事はできませんので、あらかじめ謁見が終わるまで我慢できるように食事を終えておいてください」

カインズは一気にまくし立てていった。

当惑しつつ礼を言って、俺の返事を持たせて戻ってもらった。

明日はなかなかに精神的にハードになるようなので、サクッと夕食を終わらせて、住人達に予定を伝えて早くに就寝する。

◇

朝、というか夜明けの所謂、黎明《れいめい》と言える時間に目を覚ました。

で、アクアを起こすのが大変だった。

ご飯と伝えて、無理やり起こしてからはなんとかなったが……そのあと家のみんなの分の食事を作った。

マークは俺と一緒に行くらしいから、ジーンに食事を預け、昼用に食材も渡しておいた。

その後、今日出かける全員で軽く昼食を食べておく。

あとは体をお湯で拭いて着替えた。

カインズが迎えに来るなり馬車に乗り込んで、ファスティ領主邸へ。

ファスティ領主邸の中に入って着替えて、領主が用意してくれた馬車に、領主とカインズと共に乗り込んで、王城に向かって出発。


王城に入ると、近衛騎士が先導してくれ、謁見の間にたどり着く。

近衛騎士の言葉を聞いたあと、扉が開き、中をファスティ領主について歩いていく。

その際、周りの状況を観察するのを忘れずに行う。

ファスティ領主が立ち止まり、片膝を突き、頭を下げる。

それを見て俺も慌てて片膝を突き、頭を垂れる。

それを合図に、誰かが入場してきたようだが……普通に考えて国王か王族の誰かだろうか？　まあ、俺はお声がかかるまでは発言も顔を上げることも許されていないんだけど！

「面を上げよ」

やはり国王だったらしい。

だが、これはこの中にいる俺以外に向けと言っているようなので、俺は頭を上げない。

その状態のまま、ファスティ領主、宰相、国王が話をされて、俺からの献上品がある話をしている。

国王より声がかかる。

「私の問いに直答を許す。何やら献上してくれる物があるとのことだが？」

ファスティ領主、宰相に視線を送ると、頷かれた。

俺はようやく頭を上げて発言する。

「お持ちしたのはこちらになります」

国王に献上予定の物が入っている箱を開けて見せる。

・解毒のブレスレット（中）　×1　（中）ランクの毒無効
・麻痺耐性ブレスレット（小）　×1　（小）ランク麻痺無効
・睡眠薬耐性ブレスレット（小）　×1　（小）ランク睡眠魔法、薬無効

これらは宰相達に見せた物。続いて――

・石化耐性ネックレス（小）　×１　（小）ランク石化魔法・スキル無効
・魅了耐性アンクル（小）　×１　（小）ランク魅了無効
・短剣・暗器耐性ベルト　×１　短剣・暗器の斬撃・打撃力50％吸収

新たに無理やり作った魔道具も追加してやった！

これで、この場でデミダス王国の国王を弑《しい》することはほぼ不可能になるだろう。

まあ、この場の重臣や王族のすべてが敵に回らない限りは、だがな。

宰相とファスティ領主が検分のため近くに来たので、一つ一つの効果を説明して、理解していただく。

どうせ反対勢力からのイチャモンが出るだろうと思っていたので、王家派、王家の反対派、そして商業ギルドから、それぞれ鑑定士を一名ずつ選出してもらう。

鑑定士三名による効果の鑑定をしてもらったところ、全員が効果があると言ってくれた。

さすがにこれで異論はなかろうと思い、国王陛下に献上するために宰相に渡そうとしたら、王家の反対派からイチャモンがついた。

7　イチャモンがついた！

「お待ちを！　いくら効果があるといえども、どのような細工《さいく》をされるかわかったものではありません！」

　すると宰相が応戦する。

「ほう？　王のやることなすことすべてにイチャモンをつけて、王を軽んじる反対派筆頭のストリン・フォン・ベリイ侯爵からそのような言葉が出るとは思いもよらなかったですな！」

「ぐっ、我々は何も、好き好んで異を唱えているのではありませんぞ！」

「ならばなぜ、陛下が民を慮《おもんぱか》り、すべての領地の税率を統一して、三割にしようとしたのに異議を申し立てたのですかな？」

　なんか、税とかの問題まで蒸し返してきたな。

　王家派と王家の反対派の対立は、根深いらしい。

「そのような税率では領地の統治がままなりません！」

「おかしいですなぁ？　王国に提出されている各領地の公共事業やインフラ事業の使用額を見て、最も領地の統治に税を使っている所、全税収の六割ほどですが、に合わせて設定しております。さらに王国への各領地からの税収も全税収の三割程に減らしたのに、足らないとはいかに？」

「くくっ、そのような小さな領地と広大な侯爵領と同じと考えていただいては困りますな！」

ずっと黙っていたけど、正直困るんだよな。

税とかよくわからないし。

……国王もタイミングを測っているようだけどな。

というか、この侯爵、反対派筆頭とか言われてたけど頭は良くないよなー。

宰相と侯爵の言い合いに、反対派が集団で言い返して、やがて王家派も集まりだした。

これは大混乱だな。

ファスティ領主も行こうとしていたけど止めておく。

そして、ファスティ領主に箱を渡して、王家派の鑑定士と商業ギルドの鑑定士を指差して、国王のほうを見る。

国王にも伝わったようだ。

俺は鑑定士二人を連れて、国王に献上品を手渡した。そして、国王の目の前で二人の鑑定士が再度鑑定して問題ない旨を伝える。王家派の鑑定士は、「国王陛下に何かあれば、自分はもとより一族の命も捧げる」とさえ言っていた。

それを受けて国王は、一通り身に着けた。

そうして、未だ言い争いを続ける両派閥に声をかける。


「いい加減にせぬか！　献上品すべてを身に着けてみたが何も起こらぬ！」


両派閥は国王のほうに体を向ける。

静まり返る中、国王が言う。

「ストリン・フォン・ベリイ侯爵よ。そなたはなぜ、これが怪しいと言ったのだ！」

「いえ、そのような平民がそこまでの物を持っているとは思えず、陛下に対してよからぬことを考えているのでは……と思った次第です」

そう言いながらも、こちらを睨みつけてくるストリン侯爵。

はっきり言ってあいつ、自分の危うい立場を理解していないな。

というか、宰相がわざと俺の情報を止めていたらしいけど。

もちろん俺の献上品については、王家派には話が通っている事柄だけどな！

で、このあと、俺の立場を公表するらしいが……そうなった場合、この反対派達はどういった顔になるのかね？

「ほう？　ストリン侯爵は余の目が節穴《ふしあな》と、そう言うのだな？」

この言葉に慌てたストリン侯爵はすぐに返答する。

「陛下！　私はそのようなつもりで申し上げてはおりませぬ！」

「では、どういう意図だと言うのだ？」

「へ、平民が持ってきたアイテムが信用できなかったと言いたいのです」

ストリン侯爵の声は上ずっていた。

「ストリン侯爵、余の姿をよう見よ！　このように身に着けても、何も起こらぬではないか」

「それはたまたまそうなっただけではありませぬか！　誰が陛下に渡したかは見ておりませぬが、その者が陛下に反意があったら、お命が危ぶまれるところだったのですぞ！」

「なるほどのう。そのような判断もできぬと余は思われておるのか？」

「い、いえ、そのようなことはございませぬが……」

「が……なんじゃ？」

「いえ、何もありませぬ」

国王に返答したあと、ストリン侯爵は視線で殺す勢いで俺を睨みつけてきた。

今のやりとりは俺に関係ないだろうよ？

自分の迂闊《うかつ》さを人のせいにしようとするなよ。

国王のほうに向き直ると、国王と目があった。

「さて、皆の者」

国王がここにいる全員を見渡しながら声をかける。

「此度のこの者との謁見であるが、勘違いしないように、皆に申し渡すとしよう」

そう言うと、重臣達がざわつきだす。

このタイミングで明かすのか……

「ストリン侯爵は平民と蔑んでおるが、そのようなことを言ってはならぬ人物ぞ！　なぜならば、この者は『迷い人《まよびと》』であり、聖獣フェンリルの契約者である。本来ならば礼をもってお迎えせねばならない人だ！　本人が過度な扱いを好まないと言うので、謁見という形で会うこととなったが……」

国王がそう言って、周囲を見渡す。

ストリン侯爵を筆頭に集まっている反対勢力だったが、そんな彼らへの視線が冷たいものになっていた。

国王も反対勢力に、きつい眼差しを向ける。

ストリン侯爵が声を上げる。

「そ、それは本当の話ですか⁉　疑うわけではないのですが、そのような話は回ってきておりませぬが？　その者の誇張なのでは？」

「ならば、何をもって疑いを晴らせばよいのであろうな？」

国王がそう聞くと、なぜかストリン侯爵は我が意を得たりと言わんばかりに話しだした。

「そうですなぁ、本当に『迷い人』で聖獣フェンリルとの契約者であるならば、ここにフェンリルを連れてきてほしいものですな！」

だが、反対派の中からも離反者が出始めていた。

ストリン侯爵は孤立しつつあった。

俺は、久しぶりに発言するため宰相を介して返答しようとすると、国王から直答で良いと言われる。

じゃあ、話すとしようか。

「侯爵様の疑いを晴らすために、この場にフェンリルを呼んでも構わないでしょうか？　もちろん、陛下や重臣の皆様に危害がないようにいたします。ただし、そちらから手を出された場合はその限りに入りませんが……」

「なるほど、この場にフェンリルを連れてくれれば、そのような疑惑を払拭できるというわけだな。

よかろう、呼ぶとよい」

「ありがとうございます。では、宰相様は陛下のもとへ。ファスティ領主様は私の傍にいてもらえますか？　そして、私の周りに人がいないようにしてもらえますか？」

「「わかった」」

そう言って宰相は国王のもとへ赴き、ファスティ領主は俺の横に立つ。

そして、俺は従魔全員を入れていたディメンションバッグから、ヴォルフを呼び出した。

突如として、通常の四メートルほどの大きさで出てくるヴォルフ。

その姿を見て、全員が沈黙している。

一部の最後まで疑っていた反対勢力は、ヴォルフの姿を見て震えていた。

「これで、いいですかね？」

ファスティ領主は見慣れているから動じてないし、何度か見ている宰相も大丈夫だけど、国王以下重臣達が固まってるな。

いつになったら正気に戻るのかなぁ？

……しばらくして、ようやく固まっていた国王が声を出す。

「……この姿を見てまだ何か言いたいことがあるか？　ストリン侯爵」

しかし、ストリン侯爵は未だに固まっていて国王に返答することもできない。

国王も急《せ》かすことなく、重臣達がフェンリルを見て固まっているというのもあって、皆が気を取り戻すまで待つことにしたようだ。

その間に、俺はヴォルフに念話で話しかける。

『ヴォルフ、すまない』

『まあ、この場合は仕方あるまい。これが済めば話は終わるのだろう？』

『その予定だな。ただ、あの反対勢力と言われている重臣達の動き次第ではもうひと悶着《もんちゃく》ありそうだけどな』

『その場合はどうするのだ？』

『取り込もうとしてきたら断るし、直接被害を及ぼそうとしたら取り押さえることになるな。今【鑑定】したが、反対勢力の者達の能力は低いし、特に気をつけるようなスキルも持っていなさそうだ。その前に敵意を見せた時点で、なるべく周りに被害が出ないように威圧するがな。そうなれば誰かしらが取り押さえに動くだろうから、俺達はノータッチだ』

『その程度でよいのか？　女神セレスティナ様からの言葉を軽んじる者達ならば、殲滅《せんめつ》してもいいのでは？』

ヴォルフの存在を疑ったのだから、女神セレスティナ様からの言葉を軽んじたと思われて仕方ないのか……いや、だとしても厳しすぎだろ！

『いいわけないだろう。ヴォルフの能力があれば可能なのはわかっているが、俺には俺のやり方があるからな。直接手を出されたら、そのときは容赦なく叩き潰すが、それ以外は手を煩《わずら》わしたくない。こういう面倒事は、できる人間に丸投げだ』

『しかし、それで女神セレスティナ様が納得するのか？』

『この国すべての人間がそういう欲望に染まるなら、ヴォルフの言う通り女神セレスティナ様の領分だろう。だが、一部の欲望に目が眩《くら》んだ人間くらいなら、俺の判断でいいだろ』

『わかった。ただし、主に危険が迫った場合は奴らの助命は諦めてもらうぞ？　それを看過してしまえば、我がここにいる意味までなくなるのでな』

『わかったよ。そのときはヴォルフに任せるが、こちらにいる王家派の人間はもちろんのこと、どっちつかずな連中にも手は出すなよ？』

『わかった。気をつけるとしよう』

そうやって、全員が正気になるまで話し合っていると、どうやら一番衝撃を受けていた反対勢力も気がついたようだ。

それを見て、国王が再度声をかける。

「この勇ましいフェンリルの姿を見て、まだ何か言いたいことがあるか？　ストリン侯爵およびに重臣達よ？」

「陛下……確かに桁違いの存在だということは認めますが、それでもフェンリルというには証拠が足りませぬ！」

深くため息をつく国王。

「ならばどうするのだ？　そなたはじめ信じない者達の領を襲ってもらうか？　伝承通りなら一日で結果は出るぞ？」

国王……めんどくさくなっていないか？

扱いが雑になってきてるぞ？

とはいえ、国王の言葉を聞いた、残っていた反対勢力のほぼすべてが、どっちつかずのグループの所に交ざったな。

ストリン侯爵は顔を青くしながら言う。

「い、いえ、そのようなことをしなくても大丈夫です！　とはいえ、このままだと信じきれないため、『真贋《しんがん》の水晶』と『魂《たましい》の水晶』の使用をお認めください！」

そう言いながら、こちらを見下してくる。

なんでこいつはそんな余裕そうなんだ？

そう思っていると、ファスティ領主が耳打ちしてくる。

「(過去に何人か『迷い人』と名乗った人間がいたが、そのすべてが『真贋の水晶』と『魂の水晶』で虚偽だとわかったからだと思うよ)」

「(いやでも、俺は実際にその『真贋の水晶』と『魂の水晶』で調べられたことがあって、本物だと言われたのですがね……)」

「(そんなのは、彼らは知らないからね)」

まあ、そりゃそうだな。

そんな会話をしていると、国王が怒気を含めてストリン侯爵に話しかける。

「なるほど、そなたはそこまで余を無能で見る目がないと言いたいのだな？　よかろう！　兵達よ、持ってくるのだ！　そして、ストリン侯爵、そなたの言い分が間違っていた場合は相応の処罰が下ると覚えておくがよい！」

すると、少し余裕の顔が戻ったストリン侯爵。

なぜだ！

◇

やがて、道具が運び込まれた。近衛兵以外は何人も近寄ることが許されず、全員が王族の視界を遮らぬように周りを囲む。

準備ができたところで、ストリン侯爵が喚く。

「さあ！　そこの者よ、ここに来てあの魔道具に触るがよい！　触る勇気があるのならばだがな！」

……何か、哀れに見えてきたな。

俺は、貴族達が空けている場所へ行き、王族達にも見える位置に立つ。

ストリン侯爵が絶叫する。

「触るのだ！」

8　真実はいかに！

結果は……虚偽！

と出るはずもなく、真実だと証明する光が輝く。

それを見てストリン侯爵は驚愕の顔を浮かべるが、俺は逆にその鈍感さに驚いた。当たり前だろうが。

さて、このあとはどうするんだろうな？

王族からは感嘆に満ちた声が聞こえてきたが、俺は特に気にしないで元の位置に戻る。

国王がストリン侯爵に話しかける。

「ストリン侯爵、見ての通りだが、何か言うことはあるか？」

ストリン侯爵は絶句していた。

さて、大詰めかな？

俺の頭の中の感想に応えるがごとく、国王が再度ストリン侯爵に声をかける。

「ストリン侯爵、もう一度問うが、何か言うことはあるか？　ここまで余を暗愚《あんぐ》扱いしておいて、よもや何の咎《とが》もないと思わぬよな？」

よっぽどムカついたんだろうな。

国王は追及を止めなさそうだ。

どちらにせよ俺のやることは、こいつを拘束する以外にないだろうな。こいつの動向は注意しておこう。

「グググッ、なんでだ！　過去に言いだした者達はすべてが虚偽だったではないか！　なんで今回だけはそうでないのだ！」

その言葉に対し、ファスティ領主が答える。

「理由としては、彼は自ら名乗ってないからですよ。彼が我がファスティ領に来たとき、この世界がセレスティーダだという以外に、この国の名も、私の町の名も……それどころか、金銭の名前も価値も知らなかった。それで、私の兵士がおかしいと思い、『真贋の水晶』と『魂の水晶』を使用して、すでにその結果を私は国王陛下にお伝えしてあります。つまり、彼に関しては、今までの『自称・迷い人』ではなく、『他称・迷い人』だったのですよ」

他称でいいのか？　まあいいか。

ストリン侯爵はまだ俺を睨みつけているが……なんだ？　俺をイラつかせても良いことはないだろうに。それとも俺に喧嘩売ってるのだろうか？

「フンッ！　どちらにせよ、ただの平民風情がここにいること自体……」

「ストリン！　貴様今なんと言った!!」

あ〜あ〜。

国王ガチギレしちゃったよ。

ストリン侯爵は、この国の歴史すら知らないようだ。

「へ、陛下？　なぜ、陛下はそのように怒りを露《あら》わにしておられるのですか？」

そう言ってストリン侯爵は、周りにいると思っていた派閥の人物達に助けを求めようと見回したが、誰も残ってない。

「なぜだ？　なんで誰もいないのだ!?」

　すると、早くから離れた元反対勢力の貴族の一人がニヤニヤと侮蔑の表情を浮かべながら、ストリン侯爵に話しかける。

「さすがに、その方が『迷い人』で、フェンリルの契約者だとわかった以上、『ただの平民』呼ばわりしたバカを擁護する者は、誰一人としていないでしょうなぁ」

「なんだと！　子爵ごときの貴様にそのような口の利き方をされるいわれはないぞ！　この場が終わり次第……」

　その言葉を言いきらないうちに、国王が告げる。

「ストリン、貴様は今後について考える必要などないぞ？」

　そして大声を張り上げる。

「ベリイ侯爵家は現時点をもって準男爵にまで爵位を減ずる！　その後、貴様は極刑にして、貴様そっくりの長男や次男達に継がせず、貴様と真逆で仲の悪い腹違いの弟に、ベリイ家を継がせることにする！」

「な、なぜですか!?　私がなぜそのような目に遭わないといけないのですか!!」

　ここまで来てまだ理解していないストリン。

国王は尋ねる。

「ストリン、貴様はこの国の成り立ちを覚えていないのか？　国が興《おこ》ったときの誓約は？」

「はっ？　成り立ちは、この国の前身である国、が……」

そこでやっと理解したらしい。

ストリン侯爵の顔色が絶望に染まる。

国王が淡々と告げる。

「最後に自分の罪を認識したようだな……だが、もうすでにすべてが遅いのだ。今さら何を言ったところで、貴様が口にした言葉は消すこともできぬし、詫びの言葉も無意味だ。そんなことをされても、余にもどうすることもできん。せめて、残された家族のために、自身で女神セレスティナ様に直接詫びよ。近衛兵達よ、連れていけ。何があっても逃げられないようにな！　下手に逃げられたとあらば、最悪、女神より神罰がこの地に再び落とされるかもしれんからな」

ようやく理解したらしいストリン侯爵、さすがに暴れなかったな……というか、この一瞬で老けてないか？

「ノート殿」

ファスティ領主が声をかけてきて、国王のお言葉を聞くようにと伝えてきた。

俺的にももう面倒くさいのは嫌だから。

妙なざわつきが残りつつも、なんとか謁見の続きを終える。

謁見後、ファスティ領主に連れられて俺は城を出ていくのだった。

◇

あの謁見の二日後、ストリン元侯爵は死罪になった。

ストリンの家は準男爵にまで落ち、代わりに弟の家は男爵に上がり、空いたポストを埋めるべく一部の人の爵位が繰り上がったそうだ。

ファスティ領主もその一人で、子爵から伯爵になったそうだ。

だが領地は変わらず、役職がついたらしい。


『ノート・ミストランド筆頭友好官』


それを言い渡されたとき、ファスティ領主自身もなんとも言えない顔をしていた。もちろん、俺も似たような顔をしていたと思う。

そんなこんなを行いながら、旅の準備も並行して行っていく。

◇

そして謁見から一月が経った。

その間、俺は地盤を固めていた。

地盤を固めるというのは、王都や今まで行った所、気に入った場所、一応連絡を入れようと思う人物がいる町や村に、マーカーをつけて移動できるようにしたのだ。

ちなみに、アラン、セレナの親を見つけ、拠点の防衛戦力として雇った。

二人とも喜んでいたな。

こうして、出立の準備はできた。

当初の予定通り、半島辺境街オキシナを経由して、キナくさい国は避けつつ、各地を回っていくかな。

ファスティ領主とオーゴ領主には、この国で魔道具を売る際の窓口を頼んでおいた。

快諾してもらえたので、年に数回は顔を出す予定だ。

王都を出て一緒に行動するのは、ヴォルフ、マナ、ライ、アクア、ビスタ、オルフェ、オグリの魔馬達。

マークは国境まで一緒に来てくれるらしい。

あとは、シェフィーとその従魔だな。

マーク曰く、オキシナまでおよそ二十日間だろうとのこと。

普通の馬車なら二ヶ月くらいかかるらしいが、魔馬達はとにかく体力もスピードも普通の馬の何倍もある。

でもな。

急ぐわけでもないから、いろいろ狩りしたり、採取したりしながら進みたいんだよな。

さーて、どっか良い所の情報をゲットできるかな？

第2章

そしてオキシナへ

Yosoji no ossan, Kamisama kara cheat skill wo 9ko morau

9　久しぶりのステータス確認

魔馬達が引く馬車に乗り込み、一路、オキシナに向けて走りだした俺達。

だが、当初の予定よりもゆっくりと進んでいる。

ちなみに王都を出て今日で十日目だが、進んだのは予定の三分の一ほど。

魔物がそこそこいる森の近くに拠点を築き、ここに三日ほど滞在しているのが、大幅に遅れている理由だったりするのだが。

なぜ、そんなことをしているのか？

それは、従魔達の運動のため。

いや、俺自身のレベリングと、ライ、アクアの強化を行うために他ならない。

で、現在のステータスはこうなった。

名前：ノート・ミストランド
種族：人族
年齢：42
職業：冒険者兼旅人、職人、殲滅者、テイムマイスター
レベル：50
HP：1805
MP：6830
体力：1270
力：1155
魔力：6830
敏捷：1265
器用：1130
知力：1175
スキル：【異世界言語（全）】【アイテムボックス（容量無制限&時間停止）】
【鑑定（極）】【生産（極）】【錬金（極）】【全属性魔法（極・詠唱破棄）】
【調理（極）】【成長率五倍】【タブレット】【交渉】【算術】【読み書き】

【小太刀術8】【身体強化8】【体術】【歩法6】【御者5】

【魔力回復量増加7】【体力回復強化5】【並列思考6】【合成魔法5】

【気配感知5】

魔　法：　火、水、風、土、氷、雷、光、聖、闇、無、治癒、精霊、従魔術、時空間、
付与

もはや俺自身、このステータスがすごいのかすごくないのか、よくわからなくなってきたな。

とりあえず、ライとアクアのも見ておこう。

先にライを見ておくか。

名　前：　ライ
種　族：　エレキバード（レア）
年　齢：　12
職　業：　ノート・ミストランドの従魔
レベル：　36
ＨＰ：　405

ＭＰ：６２０
体力：４０５
力：３５６
魔力：６２０
敏捷：５９８
器用：３５９
知力：３７０
スキル：【風魔法８】【雷魔法８】【火魔法３】【探索５】【遠見７】【隠蔽６】
【看破５】【身体強化４】
【疾風（スキル進化可・経験値不足）】
付記：種族進化可（進化可能）

続いてアクアだな。

名前：アクア
種族：スライム（レア）

年　齢：　3ヶ月
職　業：　ノート・ミストランドの従魔
レベル：　25
H　P：　309
M　P：　399
体　力：　308
　力　：　303
魔　力：　398
敏　捷：　317
器　用：　362
知　力：　357
スキル：　【水魔法7】【治癒魔法6】【強酸弾5】【体当たり6】【吸収3】【触手4】
付　記：　種族進化可（進化可能）

かなりレベルアップしたうえに、ここで大事なのは、進化ができるようになってることだな。

なお、今回のレベリングで、シェフィーもホーンラビットのフィル以外にテイムできるようになった。

で、その新しい子は、ネイチャーパンサーのゲイン。

こいつはなかなか強くて、ステータスはこんな感じだ！

名　前：ゲイン
種　族：ネイチャーパンサー
年　齢：1
職　業：シェフィーの従魔
レベル：11
H　P：358
M　P：328
体　力：358
力：403
魔　力：328
敏　捷：417
器　用：389

知　力：　368
スキル：　【火魔法3】【風魔法4】【闇魔法3】【治癒魔法4】【隠蔽5】【気配察知4】
　　　　【身体強化2】【体力回復強化3】【看破5】【爪撃4】【牙撃5】

これなら、そんじょそこいらの盗賊が束になっても勝てないだろうな。
ちなみに、古株のフィルはというと……

名　前：　フィル
種　族：　ホーンラビット
年　齢：　2
職　業：　シェフィーの従魔
レベル：　10
H　P：　99
M　P：　99
体　力：　90
力：　89

魔　力：　98
敏　捷：　171
器　用：　72
知　力：　57
スキル：　【水魔法1】【治癒魔法2】【突進2】【気配察知5】
付　記：　種族進化可（経験値不足）

進化に期待したいところだな。

え、シェフィー自身はどうなったかって？

……魔力以外はルーキーと変わらなかったよ。

……レベルも能力値も。

それでも、今後彼女自身がどうするかはわからないが、それなりに戦力になりそうな雰囲気ではあるな。

ちなみにマークは急かすことなく、ベースキャンプで魔馬達の世話をしてくれている。

ホントに助かっているよ。

それはさておきだ。

今日はもうしないけど、近いうちに進化も考えないとなー。

10　足止め！

移動はまあ、順調にいっていると思う。

当初の、オキシナ到着予定の二十日目になってしまってるけどな！

移動してきた距離はまだ半分過ぎたところだから、オキシナ到着予定をおよそ四十日に変更しておいた。

それでも普通の馬車に比べたら二十日ほど早く着くのだから構わないだろう。

えっ、なんでそんなに遅いのか？

この前でも遅れたのに、さらに遅れてるのかって？

それは途中で、補給するのと素材を売ろうとするのとで……たまたま立ち寄った村がまずかったのだ。

マークの話では、そこそこ以上の村の規模で、この近辺では中継地に当たるとのことだったんだよな。

まあ、裕福と言っても良い村で、ギルドもしっかりあり、近々町になるだろうという。

そんな感じの村に立ち寄ってみようと、そのときいた場所から魔馬スピード半日ほどで西に移動したのだが……

◇

遠くから見たときには騒がしいな程度に思っていたのだが、近づいてみると村が魔物に襲われているのがわかった。

スタンピードが起きたらしい。

……遭遇してしまっては仕方ない。

冒険者ギルドの規定では、こういうトラブルを見かけたら、Dランク以下は民を逃がすための行動を取ること、中堅《ベテラン》のCランク以上は討伐行動を取るように定められているしな。

とりあえず魔物の種類を確認すると、ゴブリンとオークのジェネラル以下の各種に加えて、オーガ、ウルフ、ボアが見られた。

脅威度的にはそう高くないはずだが……かなり苦戦しているな。

ヴォルフ、シェフィーとその従魔達には馬車の護衛を任せ、俺はライとアクアとマナを連れて村に向かう。

隊列としては、俺、頭上にライとマナ、肩にアクアを乗せている。

隊列っていうか、もはや装備か。

それはそうと、魔物の一部が俺達に気づいて向かってきた。中・遠距離攻撃を行うアーチャーやメイジだ。

すぐさま、ライに雷魔法を使って倒してもらう。

以前なら、中・遠距離攻撃を行う相手は苦手だったかもしれないが、今ならよほど大規模で広範囲な攻撃じゃない限り当たらない。

なお、アクアには俺の背後に来る魔物を倒してもらっている。

俺は、正面や横から来た奴らを切り捨てる。

素材がもったいないから集めたいところだけど……倒した次の瞬間には、スタンピードの魔物達に踏まれてぐちゃぐちゃになるから諦めた。ある程度数が減るまで、集めることは不可能なようだな。

素材は諦めるとして、ひとまず、村から一定距離を取りながら倒していかざるをえないのが、ちょっと難点だよな。

なんでか？　村から矢や魔法が飛んでくるからだよ！

村のほうでも防衛に必死なのは仕方ないんだが、これでは近寄れない。

近寄ったら俺らが危ないし、放つのをためらってもらったら村民の命が危ない。

折衷案《せっちゅう》として、俺らが我慢すると……

村の中の人間も俺の存在に気づいているようだが、俺の考えも読み取ったのか、俺らに遠慮なく攻撃してくる。

そんな感じで、俺達は村の周りを回りながら魔物を倒していった。

しばらくして、全体的にかなり減ったような気がするので、上空のライに確認する。来た当初に比べると、半分以下に減ったらしい。

まあ、俺達と村人からの攻撃で、挟撃されているようなものだからな。

◇

その後、二時間くらいかけて殲滅に成功した。

途中から村からの攻撃が減ったから、討伐した魔物の素材を回収していた……というのが二時間もかかった理由なのは秘密にしておいてくれ。

村の門に行くと、門が開けられた。

自警団か冒険者かわからないが、俺や従魔に武器を向けた奴がいたので威圧で強制的に気絶させておいた。

この中で、最上位らしき人間と話し合いを行った結果は――

① 俺達に感謝と謝罪を伝えたい
② 俺の従魔に武器を向けた奴は、最近Cランクになったばかりのパーティーの一員で、従魔術師を怖がっていたので許してやってほしい
③ スタンピードは近くのダンジョンからだろう
④ 村人に死者は出なかった。自警団と冒険者の人間にも今わかっている時点では死者はいない。ただし、重傷者はかなり出てしまった。できれば治療も手伝ってほしい
⑤ 倒した素材の回収は見ていたが、問題ないとのこと（バレてた）
⑥ 後処理・治療が落ち着いたら、報酬をわずかばかり出すので待ってほしい

まあ、先走って俺達に攻撃してきた奴はいたが、この話をした人物はそれなりに話がわかるようだった。

⑤までは大丈夫だと返答し、⑥の報酬はいらないから復興に充てるように伝えた。

それから俺は、ライに手紙を持たせてマーク達を呼んでくるように伝えてから、治療現場に向かった。

その後、深夜までかかったが、治療を終えることができた。

その日は自警団の広場を借りてテントを張り、作り置きを食べて就寝。

明くる日には防壁を見て回り、簡単な修繕をしてやってから、店やギルドを回るが、大量に買える物はなかった。

町と町の間にある中継地点の村だし、そりゃそうだわな。

◇

ということで、ここでやることはもうないだろうし、村から出発したのが数日前のこと。

だが、まあ順調だ。

ちなみに抜かりなく、その村の近くの林の中にマーカーをつけておいたので、そのうちまた行こうとは思う。

思うように補給できなかったが、人の役には立ったしよしとしよう。

11　野菜がない！

ちょっと予想外なことが起きてしまった。

何かって？

それは、先日寄った？　というか巻き込まれた？　というか突撃した？　村での騒動から一週間経った頃、危惧していたことが起きたんだ！

手持ちの野菜が底をつきそうになっているんだ！

いやまあ、従魔はあんまり野菜を食わないけど、俺達人間は食うからな。なんでそんなことが起きたのかは明確だ。

俺の計算ミスと見通しの甘さだよ！　チクショー！

当初の予定のつもりでしか、野菜を買ってなかったんだよ。

それでも、万一に備えて倍近く購入していたし、途中で補給すれば余る計算だったのだが、先日の村で野菜がほとんど補給できず、人間三人の一日分だけだったのが痛いな。

野菜以外はまだまだあるから飢えることはないけど、やっぱり物足りなくなるよな。

どうしようかと考えていると、またもやマークから情報が。

この先に、オキシナ領に入る前の最後の村があるから、そこで数日分だけでも買えたらなんとかなるとのこと。

そんなわけで、その村に向けて進んでいく。

◇

一日かけて話にあった村にたどり着いた。

全員、身分証としてギルド証とかを提出して村に入る。

中に入って村人の表情などを見ると、結構明るく、活発な雰囲気ではあるので、補給できるかもと少しだけ安心する。

正直、多少割高であっても買いたくはある。

よほど暴利でない限りは購入しようと決めて、近くにいた村民に野菜を買える所を聞いてみた。

「野菜？　そりゃあるけど、なんの野菜かで教える所が変わるぞ？」

「野菜を集めて売っている店とかはないのかい？」

「ああ、ここはそこそこ旅人や商人が通るので、宿屋、武器防具職人、酒場は需要が高いからあるけど、野菜目当てで来る商人とかはない……とは言わないが、少数なんで野菜のみ取り扱っている店はないんだ。だから物によっては、宿屋で買うか、数が必要な場合は直接作っている人の所で買うしかないんだ。というわけで申し訳ないが、物によってはいくつもの農家を訪ね歩くことになるな」

なるほどな。

農家を回るとなると、誰かに案内してもらえると助かるんだが。

「……うーん。あんた今時間あるかい？」

俺が尋ねると、よくしゃべるその村民の男は答える。

「俺か？　まあ、時間がないとは言わんが……今しがた仕事が終わったから一杯引っかけに行こうとしてたところだからな」

「じゃあすまない。案内料を支払うから、宿屋とこの村で作っている野菜を全種類買いたいので案内してくれないか？」

　俺の頼みに、男は軽い調子で返答する。

「うーん、酒も飲みたいが、うちのも買ってくれるなら案内してもいいぜ？　もちろん案内料をもらうが」

「それで構わないのでお願いするよ」

「そうか、わかった。なら最初に宿屋に行って、その馬車を置いてくるとしようか。馬車のままだと小回りが利かないしな」

「わかった。マーク！　宿屋に行くから、あとのことは任せていいか⁉」

　マークに頼むと、マークは呆れたように言う。

「あとは任せるって……ノート、それはいつものことだろうに。それよりも、買い出しはそっちで頼むぞ」

「わかってる、シェフィーも宿屋に残ってくれ」

「わかりました」

　シェフィーの返事を聞いて、村民に向き直る俺。

　さっそく案内を頼んで歩きだした。

宿屋に着いて、馬車を置き、宿泊場所を確保。

野菜を入手すべく、俺と村民で歩いていると、前から老人が歩いてきた。

老人が男に話しかける。

「おお、こんな所にいたのか。酒場に行ったと聞いていたが？」

「村長、いや行くつもりだったんですけどね、この旅人から野菜を買いたいから、売っている人の所に案内してほしいって言われてね。案内料もくれるって言うし、うちに向かっているところなんですよ」

村長と呼ばれた老人がこっちを向く。

「野菜を買ってくれるんか？」

俺は頷いて答える。

「ええ。オキシナに向かっている最中なんですが、手持ちが心許なくなったので、この先買える場所があるかわからないですし、少しでも補給したくてですね」

「ふむふむ、それはこやつの所だけの野菜か？」

「いいえ。この村で買える野菜全種類をお願いしているので、何軒かわからないですけど、いろんな農家に向かうはずですよ？　この人もそう言ってましたし」

「なるほど、じゃあこやつの所を含めて四軒か？」

村長が男に確認する。

すると、男が首を横に振る。

「いえ、五軒ですよ、村長」

「ん？　なんでじゃ？　農家で大きい所と言えば、お主の所を含めて四軒で揃うじゃろう？」

「うちで買ってもらうのは、オニオだけですよ。オニオはこの村で作っているのは、うちだけですから。それ以外の物は他の、そうですね……ルクの所に連れていこうかと思ってます」

「ルクの所か、お主はいいのか？」

「ええ、うちは先月も売れたので、今回は他の人に譲ろうと」

「お主……いや、ありがたい。お客人、時間を取らせましたな、申し訳ない」

なんか取り決めでもあるのか、カモられてるだけかわからないが、村民に俺が分配されるみたいだな。

それはまあいいやとして、俺は口を開く。

「大丈夫ですよ。あ、あと、どれくらい購入してもよいですかね？」

「うちのオニオなら、そうだな、百個くらいなら大丈夫かな？」

「百個って、すごいな。飲食店の買い方だな……まあいいか、百個すべてもらうとするよ」

「「はっ？」」

俺が答えると、村長も男も驚いた。

息ピッタシで仲良いな！

「いやいや、自分で百個って言っといてなんだが、そんな個数いらんだろう？」

男の問いに答える。

「大丈夫だぞ？　俺はAランク冒険者だからそれなりに金は持っているし、アイテムカバンも手に入れたから腐らすこともないしな」

「……Aランク!?　あ、あんた高ランク冒険者《ランカー》だったんか」

村民はそう口にして、驚いていた。

ん？　村長のほうを見ると何か考えているな。

……依頼でもあるのか？

まあ、何かあるなら受けてもいいけど、先に買う物を買わせてくれよ？

12　依頼！

意を決した村長が口を開いた。

「高ランク《ランカー》のあなたに、頼みたいことがあるのだが……」

村民の男が異を唱える。

「村長!?　それはイカンでしょう！　彼はここをたまたま通ってるだけの旅人ですよ!?　そんな人にアレを頼むのは……第一、それに対しての報酬を今のこの村で集められていない」

「わかっとる。わかっとるが、このままだと遅かれ早かれこの村の先はない……ことはないかもしれんが、それに等しくなるのは……ハンス、お主にもわかるだろう？」

ハンスと呼ばれた男が苦しそうにしつつも声を上げる。

「しかし、この村になんら関わりのない人に頼むには……明らかにこちらの都合を押しつけすぎではないですか！」

「それもわかっとるわい！　しかしだ、儂にはこの村を守る義務がある！　これが元で村長を降ろされても文句はないわい！　助かる手段があったにもかかわらず、お主のように言っていて村がなくなるほうが後々悔いが残る！　儂とて苦渋の決断じゃ！」

だんだんヒートアップしている二人。

なんか盛り上がってるな。

まあ、話を聞くに、この村になんらかの脅威が迫っているらしい……というのは、間違いないようだな。

だがその脅威がわからないと、なんとも返答できない。

俺はどうしたらいいか考えて、とりあえず興奮する二人の頭を冷やさせる意味も込めて、頭に冷水をかけてみた。

「「わぁっ」」

俺は二人に告げる。

「さて、頭が冷えましたかね？　あなた方だけでわかり合ってても、俺には何一つ理解できないので、順を追って説明してくれませんか？」

若干怒っていたが、村長が内容を教えてくれる。

これはまだ村長含めて大農家の人間達と一人の狩人しか知らないことらしい。

それを前提にしたうえで、まあつまり、まだ広めないでほしいとのことで、次のようなことがわかった。

・ここは比較的気候が穏やかなので、肉は、村の狩人が野生動物や弱い魔物を狩って、村内で消費を賄える量は獲れていたし、農作物も村規模からすればかなり多く作物が採れていた。だが、今後に不安ができた。

・この村では、たまに来る野菜買いつけの商人に野菜を売ることによりお金を得て、塩や衣類等を購入している。

・村にほど近い林の中に、トレントとその上位種であるハイトレントがいるらしい。半年ほど前に狩人が見つけたが、狩人にはどうにもできなかったうえに、トレントの枝の攻撃で怪我を負ってしまった。

・トレントは周辺の栄養をあらかた奪うと移動する。だが、その方向が今回は運悪く、この村に向けて移動しているらしい。

・トレントは2メートルほどの高さの木の魔物であるハンターツリーよりも強く、単体でもCランク相当の魔物。複数体いるとBランクパーティー案件になり、報酬も跳ね上がるらしい。

以上のことにより、村長、大農家が号令をかけて、村全体で討伐依頼の報酬を出すために、村民皆も節制を強いていたらしい。

だが、待てよ。

それにしては、ハンスと呼ばれたこの男、呑気に酒場に行こうとしていなかったか？

「今日は週に一度の飲酒日だったんだよ！　それまでは毎日行っていたが、この件があるからその酒場代も報酬に回すために我慢してたんだ！」

俺の視線を感じたのか、ハンスがそう言ってきた。

村長のほうを見ると、まあ、ハンスの言っていることは本当らしいな。

んー、受けようかなどうしようかなと考えてると、ハンスが教えてくれる。

なんでもトレント系の木材はかなり高級品で、それで作る家具は、硬さはあるのにクッション性に優れているらしい。材質として最高で、粘りもあるため割れにくく、香りもよい。そんなわけで、貴族の中で流行っているとのことだった。

よし、倒しに行くことを決めた。

ただし、野菜購入の確約をもらって、武器屋で斧と、鉈《なた》を購入してからだけどな！

その後、トレントの木材はそのまま持っていってもよいということを確約してもらった。あと、野菜も売ってもらうことを約束してもらった。

野菜購入は明日以降に回して、今日は武器を買うことにするかな。

そしたらあとは、宿屋に戻ってマーク達に話をして、明日の行動を伝えるか。


明日の準備もできたので、宿に戻る。

マークとシェフィーから、野菜は買えたのかと質問されたので、今日は購入してないと答えると、マークから至極当然の質問が来た。

「ノート、お前野菜を買いに行ったんじゃなかったのか？」

「あぁ、それは間違ってないし、途中までマークも見ていた村民に案内されていたぞ？」

「なら、なんで買えなかったんだ？」

「それはだな……まれたからだ」

「なんだ？」

「依頼として魔物退治を頼まれたからだよ！」

そう大きい声で言い直すと、マークがうなだれていた。

「……なんで数時間目を離しただけで、そんなことに巻き込まれてるんだよ！」

それに関しては俺も知りたいよ！

「それでな、明日行ってくるから、数日はここに泊まることになった。というわけで、別行動を頼むな？」

「俺は魔馬達の世話しておけばいいんだな？」

「私は少し従魔術の勉強をしておきます」

各々やることを言ってくれたマークとシェフィーに、俺は言う。

「じゃあ、各々で成果を出せるように頑張ろうかね？」

ランチミーティングならぬ、ディナーミーティングになってしまった。といっても決めたことなどほとんどないが、それぞれやることは明確だし、大丈夫としておこう。

食事も終わったので、二人は部屋に行った。

俺は、馬車をディメンションバッグに入れて魔馬達だけ小屋に入れておいた。それで、魔馬達だけでも、小屋内限定だけど、ある程度自由に動けるようにして、俺、マーク、シェフィー以外が夜間近づいたら騒ぐように伝えておく。

あとは、できればゆっくり寝たいから、何事もないことを祈りつつ、眠気が来たのでそのまま意識を手離した。

◇

何事もなく朝を迎えることができたのは喜ぶべきか、微妙……いや、普通はこれが当たり前なのだけど！

俺が巻き込まれ体質であることは、考えれば考えるだけ不毛な気がしたので気にしない。

さて、先日聞いた村長宅にたどり着き、用を伝えると中から村長が出てきて、いろいろと話をしてくれた。

そんなこんなで、例の林の場所も聞いたことだし、こちらの要望も伝えておいた。

野菜を、村の中を農家を巡って歩き回って買わなくてもいいように、ここに集めておいてくれるそうだ。で、数は各百個を頼んでおく。

トレントを倒すために村から出て、目撃された場所にアクアと向かう。

村を出て、一時間ほど歩いた場所にある林にたどり着いた。

気配察知を意識しつつ中に踏み込み、トレントを探す。

ほどなくして、トレントを見つけた。

どうやって倒すか思案する。

ちなみに、体長はおよそ十メートルほど。気配察知の範囲内に二十ほど検知した。

火や雷は周りに被害が出るどころか焼き払いそうなので論外。得意の魔法、無酸素《アノキシア》も植物系には効果が期待できないからダメだろうな。

水や氷も、根腐れか水分を吸収とかが起きかねないから除外。

闇もダメだし、光はなんか光合成しそうで候補に入れてはダメなやつの一、二を争いそうだし。

となると、一番よいのはやっぱり風魔法。次いで土かな？

風魔法ならエアカッター系。土魔法なら根っこを捕まえて、そのまま万力のように握り潰すか。

どちらかがよいかもな……

決めた！

ここはやはり、安定の風魔法で切り倒すとしよう。

そうと決まれば、さっそく端の奴から切っていこう。

◇

そんなわけで……さぎょ、いやいや討伐自体は順調なんだが、ヤバい！

頭の中で、有名な歌謡曲のフレーズがエンドレスリピートで流れている！

なんとか〜は〜、木を〜切る〜。ヘイヘイホー……

ダメだ！　頭から離れなくて、調子が狂う。

いったん休憩して他のことを行うとしよう。

昼食時間だし……

アクア以外の、ディメンションバッグの中に待機してもらっていた従魔達に出てきてもらい、食事を配る。

今日の昼食は、カツサンドと卵サンドとハムサンドとロングBLTサンドイッチ。飲み物には、アポの実ジュース、レンジの実ジュース、ブドの実ジュースを用意してきた。

ゆっくりと味わいながら食べ、頭に浮かんでなかなか消えてくれない例の歌を、なんとか追いやる。

食事が終わる頃にはなんとかなったので、従魔達には警戒だけしてもらって残りを切り倒していくと、一際大きな木があった！

これがたぶんハイトレントだろうから、サクッと切り倒すとしよう。

なんだかんだで、夕方に近くなるまで切り倒していったのだが……多すぎないか？

魔法で切り倒すだけのお仕事とはいえ、七十体は倒したのだが、これが普通なのか。それは村で聞くとしよう。

ここで悩んでても仕方がないしな！

それよりも、これだけあればいろいろ作れるよな。

まずはベッド！

それとログハウス！　その中には浴室も設置し居心地よく、長年使えるようにしないとな。

村に戻ったらヴォルフ達に周りを警戒してもらっていれば、なんとか作れそうだったのでウキウキしながら村に向けて歩く。

13　アクアの進化

てくてくと村に向けて歩いていると、アクアが何か見つけたようで、何かがいる方向を気にしていた。

『アクア、そっちに何かあるのか？』

『いるのー』

『ん？　何がいるんだ？』

『ぼくなのー』

はっ？　いるの、ぼくなの……？

ぼくがいるってことは……あ、スライムがいるってことか？

『それで？　アクアはどうしたいんだ？』

『いっしょなのー』

つまり？　連れていきたいってことかな。

確認しよう。

『一緒に連れていくのか？』

『いくのー？』

疑問形で返されても、いや知らんがな！　アクア、お前が言ったんだろうよ。

そう思ってよく聞いてみると、連れていくのとは違うようで、ただなんとなく気になるから見に行きたいだけのようだ。

まあ、そういうことなら見に行くとするか。

アクアがどういう行動を取るかにもよるが、いろいろな想定を一応しておこう。

仲間にしたがるか、話すだけなのか、はたまた倒すのか……

アクアについていきながら、周りの気配も自分でも確認しているが、一応ヴォルフにも頼んでおく。

そんなこんなで十分くらい歩いた先で、スライムを見つけた。

アクアが近づいていく。

まあ、普通のスライムならアクアが負けることはないだろう。

そう思って見守る態勢を取っていると、野生のスライムがバッと広がってアクアを覆い尽くそうとした。

が、アクアは――

『めーなのー！』

と言い、相手よりも大きく広がった！

まてまてまて！

アクアってそんなに大きく広がれるって初めて知ったわ!!

そうして二匹してしばらく大きさ自慢？　をしていたけど、不意に相手のスライムが縮んでいきアクアに近づいた。

そして、いきなりアクアがそのスライムを取り込んだ！

って、いやいや待て！　何が起きているんだ⁉

そんなふうに混乱していると、ヴォルフが教えてくれる。

『主、あれはたぶんだが、【融合】だと思う』

「【融合】ってなんだ⁉」

『我もよく知らぬがな。スライムという種族は、自分にないスキルを持つ同種に出くわした場合、能力があるほうに能力がないほうのすべてを譲渡して強力な一体となるらしいのだ。その生存戦略が【融合】という能力だと聞いたことがある』

なんだって？

つまり、今回に関してはアクアが残ったけど、反対の結果になって、アクアが取り込まれていたかもしれないのか⁉

先に言っといてくれ！

……今後は要注意としておこう。

『まあ大丈夫であろう。アクア並みに強いスライムはそうそういないハズだ』

「ハズ……じゃ困るから！　今後は相手を【鑑定】してから、【融合】を許可するようにするよ」

それはそうと。

アクアが持ってなかった、新しいスキルが手に入ったってことだよな？

名　前：アクア
種　族：スライム（レア）
年　齢：三ヶ月
職　業：ノート・ミストランドの従魔
レベル：25
Ｈ　Ｐ：309
Ｍ　Ｐ：399
体　力：308
　力　：303
魔　力：398
敏　捷：317
器　用：362
知　力：357
スキル：【水魔法7】【治癒魔法6】【強酸弾5】【体当たり6】【吸収3】【触手4】

付　記：　種族進化可（進化可能）

【融合】【部分強化6】

えっと、【融合】と【部分強化】が増えているな。

【融合】はこの目で見たからわかるけど、【部分強化】ってなんだ？

部分強化をじっと見る。

【部分強化】

攻撃の際に、表面を鋼鉄程度の強度まで上げることができる。

つまりは、【体当たり】のときとか、【触手】のときの威力や貫通力が上がるってことか？

その辺は検証が必要だろうが、悪いスキルじゃないな。

今回はうまくいったが、今後【融合】は俺が確認してからにするがな！

まあこれで、ここにいる必要もなくなったから、村に向けて再度歩くとしようか。

14　愚者の暴走

村に戻ってきたので、ギルド証を見せて村の中に入り、村長宅に向けて進む。

村長を呼び出し、トレントを倒してきたことを伝えた。

すると、よくわからないが事情が少し変わったらしい。昨日案内をしてくれたハンスの家のほうに移動することになった。

◇

さっそくやって来た家の前には、何かのお供えか？　野菜が台の上に載っていた。

約束通り、各農家から集めてくれたらしい。

それはまあいいとして……見たことない村人男性が五人ほどいるな。その中から、昨日ハンスと言われていた奴が前に出てきて、俺に声をかけてくる。

「おっ？　昨日の兄さんかい。終わったのかい？」

「あぁ、終わったので戻ってきた」

そう答えると、後ろにいた若い男性が声を上げる。

「ウソをつけ！　トレントを持ってないじゃないか！」

ん、なんだなんだ？

「……あんたは？」

俺が不機嫌そうに聞くと、村長が慌てて頭を下げた。

「ノートさん、申し訳ない、儂の愚息《ぐそく》じゃ」

「そうですか。ちなみに、トレントはアイテムカバンに入れていますが、見ますか？」

村長を見ながら言うと、肯定が返ってきたので出していく。

丁寧に扱わないと、あとで俺が使うんだからな！

ふと、村長の息子を見ると、なんだか納得していないような、信じられないような顔をしている。

けど安心しな！　まだまだ出るぞ？

トレントの本数が増えるにつれて、村長の息子の顔色が変わっていく。他の人も大差ない反応で、とにかく驚いていた。

半分ほど出したところで……ハンスと村長が痺れを切らして聞いてくる。

「に、兄さん、まだあるのかい？」

「さすがにそろそろ終わりだろう？」

俺は平然と答える。

「いや。今で半分くらいだな」

すると、さっきの馬鹿息子がまた馬鹿を言ってきた。

「これだけあれば、村の資産が増えるな！　おい！　これは村の財産だ！　全部置いていけ！　薄汚い冒険者！」

さすがに開いた口が塞がらなくなるところだったが、この空気を読まない馬鹿に一本たりともやる筋合いはないから、アイテムボックスのほうに一瞬にして仕舞ってやった。

「おい！　貴様っ!!　何をしている！　さっさと出しやがれ！　盗人野郎《ぬすっと》が！」

うーん、どうしようかな？　ここで揉めたらまたマークに怒られそうだし、なるべく大事《おおごと》にならないようにしておきたい。

よし、こうしよう。

「さっきからあんたはなんなのだ？　これに関してはあんた、なんの関係もないだろう？」

「俺はこの村の次期村長なんだ！　村の利利益を守る義務がある！」

「小さな国境の村の村長には、そんな権限があるのか？」

村長を見ながらそう尋ねると、村長は首を横に振る。

俺はため息交じりに、村長の息子に言う。

「だ、そうだが？」

「うるさい！　貴様は言われたことを聞けばいいんだ！」

「なるほど……村長の息子は平民だろう？　そんなに偉そうに言えるものなのか？」

「当たり前だ！　この村の中では一番偉いんだからな！」

「そうかい、じゃあこれがなんだかわかるか？」

そう言いながら、Aランク冒険者証を見せつける。

「それがなんだ!?　さっさとよこせよ！」

といい気になって話しているが、周りの人間はわかったようで、村長の息子を押さえつけようとする。その中には村長自身も含まれていた。

「さて、村長の息子？　お前の言い分だと偉い人間は何をしてもいいみたいだが、それでいいんだな？」

「当たり前だろう！」

「あとでその言葉を翻《ひるがえ》すなよ？　……俺はAランク冒険者で、男爵に準じる地位をいただいている。

つまりは、お前なんかよりも上の立場の人間だ。その貴族に準じる俺に、お前は恐喝《きょうかつ》まがいの言葉を吐き捨て偉そうにしていたが……俺のほうが立場が上なんだ。つまりは、俺がお前を裁いても誰も文句は言えないわけだ。そうだよな？」

そこまで一気に説明すると、村長の息子は、自分の立場が危ぶまれているのにやっと気づいたようだ。

だが、もう遅いな。

何かしらの罰を与えないと、俺はよいにしろ、他の貴族を軽んじることになりかねない。

「いや、その」

「今さらなかったことにはできないんだ」

「なんで!?　まだ実行してないじゃないか！」

「それが貴族に通用すると思うか？」

「貴族に通用しなくても、あんたは相応の立場ってだけで貴族じゃないじゃないか！」

「そうだが、これは俺が決めたわけじゃないからな？　『貴族に準じる者が国民に侮《あなど》られた場合は罰を与えるべし。そこに個人の感情を挟むなかれ』……っていうのがあってな、俺個人ではどうにもできないんだ。ここで俺が見逃して、後日、俺のような立場の人間にお前が馬鹿やった場合に『以前は大丈夫だった』などと言おうものなら、俺が罰を受けるんでな。むちゃくちゃな言われようだった俺としては、庇う意味も義務もないだろう？」

俺がここまで言うと、自分がやったことがいかに無謀だったのか、なんでそんなことを言ってしまったのか、村長の息子はそんなふうに反省しているようだった。

けど、早めに罰を伝えるとしよう。

「言うことも言い終えたし、罰の内容を伝えるとしようか……」

「ま、まっ、待ってくれよ！　仕方ないじゃないか⁉　俺は村の利益を考えなきゃいけない立場なんだから！」

「それだけ聞けば間違ってないだろうが、お前はその立場に胡座《あぐら》をかき、やらなければいけない義務と冒険者の利益を丸無視したうえに、冒険者を蔑《さげす》む言動をしてしまった。やらなければいけない義務とは、俺にギルド証の開示を求め、討伐前に素材の交渉をまず行わないといけなかった。なぜなら、すでに俺は村長とそれについての話し合いをしていたからだ。内容は、討伐報酬額を極限まで下げる代わりに、素材は俺が持っていってよいとなってる」

村長の息子が聞いてくる。

「いくら報酬額を下げたといっても、それなりにもらうんだろう？」

俺のことを悪徳冒険者とでも思ってるらしいな。

「お前にとって、いくらがそれなりか知らないけどな。トレント一体に対して報酬額は銅貨三枚、

３００ダルだ。これをそれなりと見るか高いと見るかはそっち側の勝手だが、他の冒険者なら絶対に戦ってもらえないと思うぞ？」

「たった３００ダルだと？　トレント一体でも討伐報酬が金貨数枚はするぞ」

「そうだな。だが、村長は今の村の現状でどのくらいの数がいるかわからないトレントの討伐報酬を出せないと結論づけて、俺に頼んだんだ」

「それは、儲けを出してから払えば」

「それで旅人でたまたまここを通った冒険者に頼んで討伐してもらえると思うか？」

「ほんの数日くらい……」

「そう思うのか？　なら今後それを試してみたらよいと思うぞ？」

「どういう意味ですか？」

ここまで黙って聞いていた村長が聞いてくる。

俺も、馬鹿息子のせいで話の流れがよくわからなくなってきたが……それより気になることがあるな。

「村長、この村ではこれだけの数のトレントが群れるのが普通か？」

「そんなわけないですよ！　浅い所まで出てくる個体でも珍しいのに、見せてもらった数だけでも多いと思っているくらいです！」

やはり、何か異常事態が起きてたらしい。

「そうか、だったらまだ落ち着くには早いな」

「それはどういう意味……」

「まだいるぞ？　あそこにトレントじゃなく、上位種が」

「なんでそんなことを言えるのですか？」

「村長に教えてもらった所のトレントは全部倒してきたけどな、離れた所にはまだいたからな。トレントもハイトレントもそれ以上もな」

「なんで倒してきてくれなかったんだ！」

こ、この息子は……

準備と情報収集不足だったたから、戻ってきて相談したうえで、後日再出発と思っていたんだが、この息子は批判してばかりだな。

とりあえずこの息子に罰を与えて、魔物の話を行うとしよう。

まずは息子へ。

「村長の息子、なんで倒してこなかったんだと言ったか？　そんなことをできるハズがないだろう？　なぜならその場所は、俺が依頼を受けた地点じゃないからな」

「そんな……なんでだ」

「それはな。冒険者は、受けた依頼以外で働いてもなんの得にもならないからだ。だから、俺は頼まれた地点の魔物を倒してきたうえで、この話をしてどうするのか問うために戻ってきた。それにもかかわらず、お前が茶々を入れて、すべてを無茶苦茶にしたんだ」

「……」

「とりあえず、お前がいたんでは話が進まなくなるから罰を与えるとしよう。話はそれからだ」

村長の息子が恐る恐る尋ねる。

「……俺を殺すのか？」

こいつ、極端だな。

だが、死罪相当としておこう。一応貴族に準ずる立場の人間に楯突いたのだから。いや、この世界ではそのくらいの罰が普通なのか。

「そんなことはしないさ。俺の持論だが、死罪ってのは罰にならないと思っているんでな。お前にはある意味もっとも過酷な罰を与える。内容は……一つ、次期村長から外れてもらう。二つ、村長の家から出ていってもらう。三つ目はどうするかな？」

「ま、まだあるのか？」

「当たり前だろう？　普段なら死罪になるところを死罪じゃないようにするのだからな」

うーん、三つ目は誰かの協力がいるんだが、この状況で手伝ってくれる人物がいるのかどうかだな。

考え事をしていると村長が尋ねてくる。

「どうされたのかの？」

「三つ目は誰かの協力がいるんだけどな、状況的にいるのかと考えていた」

「……どうせ、小作人にでも落とすのじゃろう。それならば、大農家の誰かに頼めばええ」

すでに息子を見捨てているかのような村長に、俺は疑問の視線を向けると、村長は何食わぬ様子で告げる。

「この村には五家の有力農家がいるのじゃが、儂の所も含めて、その家から村長を輩出している。まあいわば、持ち回りじゃ。五家の話し合いで誰もなり手がいない場合は、村長の子が引き継ぐことになるんじゃが……村長など、立場的にはこの規模の村の中では、誰がなろうと大して変わらぬ。面倒な対外交渉など行うので、実入りが多少増えるだけじゃ」

「……それで今回はなり手がいなかったってことか？　そいつが次期村長だなんだと言っていたところを見ると」

俺の推測に、村長は頷いて答える。

「そうじゃな。ただし、決定ではなかったのじゃがな。この子にもそれは言ってあったんだが、長男だからなれると思い込んでおったんじゃ。儂にはこの子以外にも子はおるからの。それこそ身を切られる思いじゃが、この件を表沙汰にされたら村が滅ぶことになる。命が助かるならそれを儂は受け入れると決めたので、預かってくれる者には、儂からも甘やかさず厳しく小作人として接してもらうようにしよう。他家に手伝いを頼むってことはそういうことじゃろう？」

哀しげな顔で俺に確認してくる村長。

「まあ、そうだな。というか、あんたのような人物の子供なのに、なんでこいつはこんなに馬鹿なんだ？　という気分だけどな」

「儂からしたら初の子供で甘やかしてしまったっていうのは……言い訳じゃな。結果こうなってしまったのじゃから。だが、こう言ってはおかしいが、楯突いた相手があなただったのは唯一の幸運だったのかもしれん。他の身分の高い方が相手であれば、死罪しかなかっただろうからの」

俺は罰を与える側なので、慰めにもならない言葉をかけるわけにもいかない。

俺は続きを言う。

これは、ちょっと前からすでに決めていたことだ。

「……ハンス、今回の件、あんたに頼めないか？　俺からすればこの村で唯一長く会話を交わし、魔物退治のときも俺の身を案じてくれた人物だからな。他の家の人達よりも信用できる……重荷を背負わすことになるかもしれんが……」

ここまで傍観というより、下手に口を挟まないようになりゆきを見守っていたハンスがこの件で初めて言葉を発する。

「あー、それは別にいいんだが、それでいいのかい？　俺達からすれば、かなり優遇された処罰に思うが？」

「ああ、何かしらの罰を与えないと後々に響きそうなんで、そうならないために下しただけだしな」

「わかった。あんたの恩情に感謝するよ。村長の息子は俺がしっかり働かせて、無謀なことをしないように見ておく」

「頼んだ。じゃあ、息子に関してはこのくらいにして、魔物のほうはどうする？　申し訳ないが、いることだけは確認したが、今後、魔物がどう進行していくは確認していないんだ」

息子の話が終わって少し弛緩した空気が、また引き締まる。

ハンスが聞いてくる。

「それを確認することはできないか？」

「できるできないで言うなら可能ではあるが、かなり手間だろうな」

「なんでか聞いていていいか？」

「魔物の規模も、この地域の情報も、何一つ俺にはわからないからな。手当たり次第、魔物を倒すだけでは根本的な解決にならないだろう」

「では、どうすればいいんだ？」

「まず、この周辺の村の位置を押さえておきたい。そのうえで村に危険がないように、魔物の進行をどう誘導していくかといった感じだ。周辺に詳しい者に案内を頼みたいんだが……」

「それならば、俺が同行しよう」

ハンスとは違う人物が声をかけてくる。

ハンスが、その人物に確認する。

「ルク、よいのか？」

「ああ、あんな馬鹿でも俺の幼馴染みだ、それを止めることができなかった俺達に対して責任を問うこともできたはずなのにそれもせず、なおかつ魔物のことも気にしてくれたんだ。せめて、わずかだけでもその恩に報いたい」

そう言ってきたけど、俺からすれば、このルクが体を張る意味がわからない。

ルクが言う。

「わからないって顔してるな、あんただから今回は済んだけどな、村長が言っていたように表沙汰になるなり、あんた以外だった場合は村の存続が危ぶまれる話だったんだぜ？　それに比べたら、同行して村の方向を言うくらいなんともないさ」

まあ、そういうことなら頼むとしようか。

だいぶ長くなったし、早くしないとな。

15 再調査に向けて

「じゃあ、さっそく向かうとするか」

軽く言い放った俺に、この場にいた村長含め全員が驚いた表情を向けてきた。

おかしなこと言ったか？

俺の不思議そうな顔を見て、ハンスが話しかける。

「いや、あんた、あれだけのトレントを倒してきたんだろ？　その、疲れとか物資の補給とか、そういうのをしなくていいのか？」

「えっ？　なんで？　必要ないぞ？」

「いやいや、せめて、ポーション類とか、トレントを切り倒すための斧とか必要になるんじゃ……」

「あー、ポーションは自前でそれなりの数持っているし、斧？　はほとんど使わないで倒したからなぁ結局。トレントのいた所にたどり着くまでに、枝とか切り払うのに使ったくらいだな」

「はい？　じゃあどうやってトレントを倒したんだ？」

「斧を使って倒すには面倒な数がいたから、風魔法で切り倒しただけだ。案外アッサリと切れたから楽だったな」

俺の返答に、全員かなり引いていた。

いや、引くなって！　確かに倒すのこそ簡単だったが、面倒だった枝落としを頑張ってやってから帰ってくるのは大変だったんだから！

ということを暗に伝えると――

「普通は、枝落としなんかしたら、数日がかりなんだけどな……」

まあ、それは便利なスキルがあるから仕方ない……のか？

俺は面倒くさそうに言う。

「そんなわけだし、さっさと終わらせたい。夜になる前には終わらせたいから」

「いっそ明日でもいいんじゃないか？」

「やだよ。俺にも目的にしている場所はあるから、なるべく頭の中のスケジュールを変更したくないんだ」

「そ、そうか。まあ、俺達は頼む側だから、あんたが大丈夫ってんなら、行くのは構わないけど……ルク？　お前は大丈夫か？」

ルクに声をかけるハンス。

「ああ。今から行くなら、なおのことこの中では俺が適任だろう」

ん？　なんでだ？

「この中では、俺が唯一【暗視《スコープ》】ってスキルを持っていてな、夜間の移動も他の人間より得意なんだ」

ほー、そういうスキルもあるんだなぁ。

俺も覚えられるかな？

……いや、俺には必要ないか？　でもダンジョンとかだと有効な気も……やめやめ、こういうのは落ち着いてから考えよう。

「時間的にそろそろ厳しいし、行くとしようか」

ルクは少し準備（水や食べ物の用意）をしたいと言ってきたが、俺のを渡すから必要ないと言って、村の外に向けて歩きだしたのだった。

◇

ルクと一緒に移動しながら、他の村の位置を確認。その後、すぐにトレントを見かけた林の中に入っていくことにしたが、問題はルクをどう守るかだよなぁ。

仕方がないな。守るのは面倒すぎるし、ヴォルフをここにルクと残して、俺、アクア、ライで中に入ることにした。


林の中に入っていき、トレントを探すとすぐに見つかった。

だが、このトレントが向かおうとしていた方角を調べようにも動いていないのでこいつらは倒すとして、さらに奥へ踏み入る。

中に入ってから何体も倒して歩いて小一時間。

やっと動いているトレントを見つけた。だが、俺が入ってきた方向とも、滞在中の村とも、周囲の村がある場所とも、進行方向が違う。

これなら、基本的には放置でもいいか。

ひとまずそれを伝えるために戻ることにした。


林の外にいたルクと合流すると、ルクはかなり不安そうにしていたが、たぶん俺と従魔に守られているこの場が世界で一番安全だと思うぞ？

で、ルクとともに、食事をとることに。

ルクは早く帰りたがっているが、従魔の食事をあとに回せないと言うと、渋々終わるのを待っていた。

すまんな、これだけは勘弁してくれ。

従魔達の食事も終えたので、村に向けて歩く。


村に戻ってハンスの家に向かうと、全員が残っていた。

村長から質問されて俺が答えるというやりとりを行う。

それから俺の証言をもとに簡単に図にしていく。この村を描き、周辺の林や村を描き、魔物がいた辺りからまっすぐ進行方向に線を引くと——魔物の群れはとある村の近くを、ギリギリ通りそうだった。

大丈夫だとは思うが、明日にでも注意喚起に行ったほうがいいか。

そう伝えると、注意喚起は村民でやるというので、これで俺の依頼は完了となった。

無事、報酬をもらった俺は、宿へ帰る。

マークやシェフィーと夕飯を済ませ（ちゃっかりチビッ子達も少し食っていた）、眠りにつくとする。

◇

そして、朝になった。

少し騒がしく感じる……が、これがこの村の普通なのか異常なのかはわからないな。

顔を洗いがてら宿の井戸に出ると、さらに村の喧騒が聞こえてきた。

気にせず顔を洗い、宿の外でゆっくりしていると、ハンスが慌てたようにやって来た。

「おお、ノートさんか！　ちょうど良いところに」

「なんだ？」

「俺が今から昨日話に出た村に注意喚起に行くのだが、ついてきてくれないか？」

「なんでだ？　俺の仕事は終わっただろう」

「それはそうなんだが、先ほど少し嫌な情報が入ってきたんだ」

「まあた、厄介事か！」

「すまない。だが、今この村にいる者で安全に移動を行うにはあんたの力を借りないとどうにもできないんだ。頼まれてほしい」

「朝から村がざわついているのもそれが原因か？」

「……そうだ」

俺は面倒だなと思いつつも問う。

「じゃあ、三つほど質問に答えてくれ」

「頼む立場なんだ、できうる限り答える」

「一つ、問題はなんだ？　二つ、俺の準備が整うまで待てるか？　三つ、その場所までの時間は？」

俺の質問に、言いづらそうにするハンス。

やっぱり相当な面倒事っぽいな。

「一つ目は……ならず者が出たらしいんだ。たぶん盗賊だと思う。二つ目は、そんなわけで、できれば早く出たい……盗賊が活動を本格化させる前に。三つ目は、およそ半日というところだ」

俺はため息交じりに言う。

「盗賊か……協力してやってもいいが、俺の準備が整うまで小一時間はかかる」

「こ、小一時間か。なんでか聞いていいか？」

「今から俺達や従魔達の食事時間なんだよ。あとな、ここに残すマーク達に指示も出しておかないといけないからな」

ハンスは不満そうに言う。

「でも、急がないと盗賊が……」

「俺一人だけの話じゃないんだよ。そもそもな、従魔術師は従魔との信頼関係で成り立っている。その信頼を損なえば、従魔は去ることもあるんだ。そうなった場合あんたは責任を負えるか？　俺の従魔は全員が特殊個体《レア》だし、レベルも高い。ハンス達が最弱と見ているスライムのアクアでさえ、冒険者ランクに換算するとAランク相当の強さだぞ？」

かなり驚いたようで、ハンスは口をパクパクさせた。

やがてなんとか言葉に出す。

「……あ、あんたのあのスライム、そんなに強いのか？」

「そうだ。他の従魔はそれ以上だな。それを失うリスクを俺は負いたくない」

はっきりとそう伝えると、ハンスは考え込んでしまった。

どうしたらいいか模索し始めたらしいが、その間に部屋に戻って従魔達を起こしてくるかな。

まあ、起こすと言ってもアクアくらいだな、時間がかかるのは。

他の従魔は寝ていても声をかけるとすぐに起きるし、元々起きているのに寝そべっているだけのこともあるから。

アクアに起きるように声をかけながら、俺は朝食の準備。

今日のメニューは、オークカツ、レタスとチーズを挟んだサンドイッチ、この世界のイモであるエモを使ったポタージュスープ、そしてスクランブルエッグだ。

準備していると、ハンスが部屋の中に入ってきた。どうするのかを確認すると、「待つ」ということだった。

早めに朝食を終えられるように食べやすい物を作ったあと、マークとシェフィーを呼びに行く。

マークは下りてくるなり、その場にいたハンスを見て怪訝そうにしていたが、とりあえず席につく。シェフィーはそれすらもなく席に座った。

朝食を食べながら、昨日の話と注意喚起を行うために周囲の村へ行くという話をすると、マークはまたかっていう顔をしていた。

俺が原因じゃないことと、この地域の安全のためだからと伝えたところ、マークは特に何も言ってこない。まあ、許してくれたとしておこう。

シェフィーは今日は村を見て回って装備を整えたいと言うので、マークに金を渡してやってくれと頼んでおく。

マークはどうするのかを聞くと、特にやることもないから適度に体を動かすとのことだった。

だったら今回は、オグリとオルフェを連れて移動するとしようかな。魔馬は、体力も移動力も普通の馬よりあるからな！

食事を終える頃には話し合いも終わったので、各自で準備を行った。

俺は魔馬達の所にやって来た。

オグリとオルフェに出かける旨を伝える。留守番のビスタの世話は、マークに任せておくとしよう。

ハンスにオグリに乗るように伝え、オルフェには俺が跨がる。アクアは俺の服の中に入り込んでもらい、ヴォルフとライは各々ついてくるとのこと。

マナには残ってもらい、一応シェフィーを見守っておいてもらうように頼んだ。何かあれば念話で知らせてもらえるようにしておこう。

各々出かける準備ができたので、俺とハンスは出発した。


ハンスには後ろを進んでもらうが、方向は指示してもらう。

盗賊に警戒をしながら進んだものの、ついぞ出会《でくわ》すことはなかった。

で、件《くだん》の村に到着。

さっそく中に入り、ハンスが注意喚起を行う。

なおその間も、ライに頼んで周辺を確認してもらっている。

なんとか終わったようだな。村に引き返すべく、俺とハンスは魔馬に乗り、進んでいく……

16　盗賊団と接触

ライから報告は受けていたからわかっていたけど、来たか。

……面倒だな。

その盗賊団が隠れている所までもう少しという距離で、休憩をとるフリをする。

ハンスが、行きは休憩してなかったのになんで帰りは休憩してるんだ？　という目で見てくる。

「ちょうど良い時間なので飯の用意だ」

ぶっきらぼうにそう言うと、ハンスは早く戻りたい気持ちと、俺の従魔の強さを聞いてしまったがゆえに逆らえず動けなくなっていた。

さて、その隙に昼食を作るとしようか。

フリとはいえ一応な。

今日の昼食のメニューは、白パン、ホーンラビットとコケット肉のシチュー（コケットだけじゃ足りなかったのだ）、ブルーブルのステーキ、ブルーブルとオークの合挽き肉のハンバーグ（チーズをインした）、ポトフ、海鮮リゾット、海鮮出汁《だし》を使った雑炊《ぞうすい》だ。

ハンスが何か言ってきた。

なになに、作りすぎ？

気にしないでくれ。【調理】のスキルのおかげで、作る時間はそこまでかからないからな。

えっ、そうじゃなくて、なんでそんなに作るんだって？

はあ、昼食の準備と言わなかったか？　昼食といえば量を食うもんだろうし。

「いやいや聞いたさ。聞いたけど、いくらなんでも多すぎないか？」

「必要になると思っているがな。というよりもあとは戻るだけなんだろ？　現状でだいぶ予定よりも早いのだからそんなに焦るなよ」

「それはそうだが、早く知らせることができるならそうしたほうが……」

「ここで小一時間時間を使っても、本来ならやっと、目的の村にたどり着けたかどうかなんだろう？　それに比べたら、もう注意喚起を終えたうえで、あと小一時間で帰り着く場所に戻ってこれてるんだぞ？」

「ふぅー、確かにそうだな。俺が自分の馬で移動していたらこの時間で、まだ目的の村に着いたかどうかだものな。わかった。従魔達にゆっくり食事を食べさせてやってくれ」

ハンスはそう言うと、魔馬達のブラッシングを行うと言って、魔馬達に近寄っていった。

俺は、念話でオグリ達に『お世話してくれるようだぞ』と伝えた。オグリ達は警戒を解いて草を食《は》みだした。

さてと、食事も作ったし食うとしようか。

◇

無事にまったりとした昼食を終えてしまった。

休憩のフリのつもりが、あっちから全然襲ってこないんだもんな。

そんなわけで、マーク達の待つ村へと再度進み始める。軽く進んだ先で、ようやく盗賊団と鉢合わせになった。

盗賊団の容貌？

一番年かさの人物で、二十歳くらい。で、下で中学生くらいか。

つまりは、盗賊団と言えばそうであろうが、食うに困った孤児達といったところか。

んー、ここにいるだけで七～八人か。

勘だが、彼らのグループには幼少の子達もいるだろうし、その規模はきっと倍くらいになるだろうな。

……蹴散らしたり無視したりするだけだったら簡単だけど、他で同じことをしたら――とかいろいろ考えるとなぁ。

うん、悪いが力で押さえ込むとしよう。

相手が悪いと反撃されて、その辺に捨て置かれることになるだろうし。

場合によっては小さい子だけでも保護して、あとはファスティ領主に仕事の斡旋《あっせん》なりを頼んでみよう。


そんなわけで、雷魔法を使って気絶させていった。

一番年かさの青年以外を強制的に寝かせたあと、俺はその青年に声をかける。

「もうやめとけ」

「ぅうるさい！」

「ふぅ、現状を見ろ」

そう言って、気は進まないが、この青年が実はそこまでのワルではないということを見極めつつ、彼の心を折るために、仲間の子に小太刀を突きつけた。

お前らの命はこちらの手の内にあるんだと示したつもりだったが。

青年が焦りまくった声で――

「やめろ！」

そう言って青年の顔面は蒼白になった。

俺は、聞く耳を持たない演技をしながら話す。

「それをお前が言うなよ！　お前達がやろうとしていることはなんだ？　人の物を奪っていいのか？　それこそ『やめろ』よ」

「お前なんかに俺達の気持ちなん……」

「わかるわけないだろうが。お前達が運がなかったからなんだ？　それを理由に人の物を奪っていいのか？　それがもとで、人が死んでるかもしれないんだぜ？」

「そ、そんなこと」

青年は口ごもる。

俺はため息混じりに続ける。

「ないとなぜ言いきれる？　例えば、行商人から荷を奪ったことはないか？」

「……」

「その沈黙はありそうだな？　その荷が奪われてなくなったために、商売ができずに手持ちのお金がなくなって絶望して……」

「や……ろ」

「自分達がいかに自分のことだけしか考えてなかったかわかったか？」

「仕方がないじゃないか！　どうしろってんだよ！　町にも村にも入れない！　仕事ももらえない！　他にどうしろってんだよ！　なあ！　チビどもの面倒を見つつ、食料の心配もしなきゃいけないんだ！　他に手があったと思うか⁉」

かなり激怒しながら、心の内を吐露する青年。

というか、身分チェックの厳しい町はともかく、そういうのが緩いはずの村にも入れなかったっていうのはどういうことだ？

ハンスに顔を向けるも、ハンスは首を横に振る。

青年は、かなり溜め込んでいたようで、ずっと叫び続けていたので、叫ぶだけ叫ばしてやることにした。

17　尋問（のフリ）

しばらくして、その青年は息を切らせて背を上下させるだけになった。

俺は青年に問う。

「おい、さすがに気が済んだだろ。で、お前、名前は？」

「はぁはぁ………はぁ」

再び小太刀を振りかぶって、仲間を傷つけようとするフリをする。

彼は焦ったように口を開く。

「カザンだ！　だからそいつを殺さないでくれ！」

「ならば、質問に素直に答えることだな」

「わ、わかったよ」

「よし、それでいい。じゃあ質問を始めるぞ？　まずお前達はこれで全部じゃないだろう？」

「な、なんでそんなことを」

カザンは目を見開いて不思議そうな顔をする。

「わかるのかって？　お前達の境遇を考えると、もっと幼い子がいるはずだし、その子を守るための人員もいるだろ。近くの穴蔵にでもいるんだろうと想像はつく」

カザンはうなだれ、吐き出すように言う。

「その通り……です」

「じゃあ、そこに向かうとするか。ハンス！」

「は、はいっ？」

ハンスにここから別行動すると伝え、ここからだとオルフェがいれば村まで安全に帰れるだろう？　と確認する。

ハンスは戸惑いつつ答える。

「一番の懸念だった盗賊団？　がここにいるようですし、この馬だと普段の半分の時間で戻れるとは思いますけど……本当に、そいつらのアジトに行くんですか？」

「当たり前だ。このまま放置して、それこそ破れかぶれになった状態になったら、本物の盗賊団ができあがるだろうが。今ならまだ引き返せるかもしれないんだぞ。犯した罪はどうしようないから奴隷に堕ちることになるとしても、俺が買い取って雇うとするか……」

「「えっ？」」

カザンとハンスが声を揃えて驚いている。

とりあえず、それらしいことを言っておくか。

「ただし、一定以上の年齢の奴らには働いてはもらうがな。とにかくハンスは先に戻って、俺の連れに事情を話しておいてくれ」

「わ、わかった。じゃあ先に戻るよ」

ハンスはオルフェに跨がり、村に向けて進んでいった。

「じゃあ、俺達も行くか？　っとそうそう、こいつらの痺れは取らないと移動もままならんな」

俺はそう言うと回復系の魔法を一人一人に施し、全員が歩けるようになったところで、こいつらの拠点に向かうことにした。

◇

拠点に着くと、中から子供達が出てきた。

だが、俺を見て立ち止まる。

「カザン兄ちゃん……」

そう言って残っていた子供達の中で年長の子が、何かを察して涙ぐむ。

「俺達は負けた……」

「じゃあ、もう、ぐすっ、うぇぇぇえん！」

一人が泣きだすと全員が連鎖的に泣いてしまう。幼い子供達は意味もわかってなく、年長者が泣いてるからだろうけどな。

俺は、カザンに、子供達を落ち着かせるように言う。

カザンは、一緒に戻ってきた年長の遠征組に指示を出し、子供達を落ち着かせていった。

「さて、全員落ち着いたか？　カザン」

「は、はい」

「じゃあ、話をしても大丈夫だと思うか？」

「え、えっと、まだ、その……」

「いや、ひとまず中に入るとしよう。全員を中に入れてくれ」

「わかりました。みんな、中に入るぞ。ほら、大丈夫だから、なっ？」

カザンが誘導して、子供達全員を洞穴のような所に入れていく。その間に人数を数えていたのだけど、予想より少し多いな。十九人か……

ヴォルフに出入り口を見張ってもらい、ライにはヴォルフの補助を頼んでおく。

アクアは、そのまま中に連れていくとしよう。

カザン達が中に入り、俺とアクアも中に入った時点で、ヴォルフが出入り口を塞ぐように横になる。

「じゃあ、そろそろ……」

くぅ～。

ん？　今の音は？

辺りを見回すと、年少の子がお腹を押さえて泣きそうになっていた。

その子に限らず、周りの子達も肉づきが悪く、栄養が足りてないのがひと目でわかった。

カザンに確認する。

「お前達はいつから飯を食っていないんだ？」

「えっ？　まともに食事をとれた最後は……四日前です。それ以降は量は採れなかったけど、果物とか、あとは川にいる魚を捕れたときはそれを焼いてなんとか……」

「焼いて？　火はどうしていたんだ？　魚の処理は？」

「魚は俺がさばきました。一応以前住んでいた所で教わったので……火はあいつが小さな火種程度ですが火魔法を使えるのでそれを元に、木を拾ってきて焼いて……危険なことはわかってたけど、飢えと危険とどっちかとなると……」

まあ、なんとなく察していたが……

俺はカザンに言う。

「わかった。そこはいい、じゃあ話をする前に飯にしよう」

「いや、それは……」

遠慮するカザンに、俺は語気を強める。

「お前ら年長組はそれでいいかもしれないが、年少の子達に我慢はさせるな！」

「は、はいっ！　この子達に食事をお願いします！」

なんか、体育会系のノリになってしまったな。

それはいいとして、念のためにさっき作っておいて良かったな。雑炊を大量に作ってあるし、ポトフもあるので、食べてない子達の胃にも負担にならないだろう。

ただ、入れ物が足りん。

カザンに聞くと、一応お椀は水を飲むのに必要だと思い、各自が持っているらしい。さっそくそれを持ってこさせる。

最初は、少量をゆっくり食べるように言い聞かせて、お椀に入れていく。

スプーンだけはどうにもならないので年少の子達だけに渡して、他の年長の人間達にはフォークか箸を渡していく。

それから、カザン達年長組にも手伝わせて、小さい子供達が急いで食べないように注意させる。

その間、全体を見て回るように俺が歩いていると、近くの年長組の一人が質問をしてきた。

聡明そうな青年だ。

「あの、すみません、聞いてもいいですか？」

「ん？　なんだ？　体調に問題がある子供でもいるのか？」

「いいえ、そういうのじゃなく、わからないことなので聞いておこうと」

「そうか、何が気になっているんだ？」

「えっと、まずお礼を……俺達ができることが少なく、チビ達の食事もまともに用意できなかったからいつも飢えさせていたのに……しかも俺達はあなたから物を奪おうとしていた……反対にやられてしまったけど……なのに、こうやって食事を与えてくれたことに対して……」

話が長くなりそうな雰囲気というか、すでに質問前から長くなっていたので、俺は苦笑いしながら話を途中で切った。

「長《なげ》ぇよ。自分が情けないと思っているのかもしれないけどな。それでも一人でも多くと踏ん張ってきたんだろう？　気持ちはもらっておくけど、質問はどうしたんだ？」

青年は慌てて答える。

「あ、はい、すみません。えっと、なんで食事をゆっくり食べないとダメなんですか？　チビ達に言い聞かせるにしても、俺達もなんでと聞かれたら答えられなくて」

確かにいきなり指示されてもわからないか。

「そうだな、気になるよな？　それはな、多少は何かしら口にしてたにしても、ほぼ絶食に近い状態にずっとあっただろ？　それで下手に急いで、なおかつお腹いっぱい食べると、体がビックリして、場合によっては死んでしまうこともあるんだよ。だからな、食事をまともにとれてないであろうお前達には、消化によいこの食べ物を食べさせているし、なるべくゆっくりな」

「死ぬって……そんなことってあるんですか⁉」

「あるんだよ。だから急がずゆっくり食べるんだ。またあとで少し時間をおいて、食べさせてやる。だからしばらくはお前達も我慢するんだ！　わかったな？」

「わかりました。ありがとうございます。ほら、お前達も聞いただろう？　ゆっくり噛んで食べるんだぞ！」

あとは、年長組に任せて食べさせれば大丈夫かな。

体調不良になる子が出ないように見回るとしよう。

◇

全員食べ終わったようだな。

念のため一人一人の顔色を確認しつつ、簡単に質問していく。

気になる顔色や食欲のない子はいないようだ。

カザンを呼んで、今後の話をするために用件を言うと、カザンが待ってほしいと言い、誰かを連れてきた……

ん？　さっきの質問してきた年長組の子か？

カザンが連れてきた子を紹介しながら、自分達の役割を話してきた。

「ノートさん、お待たせしてすみません。こいつはミーツって言います。俺達の中では飛び抜けて頭がよく、少しですが計算もできるので、こういった話はミーツが聞いたほうがいいと思いまして。えっ？　俺ですか？　一応ミーツと同じくこの中では、見た目が大人に近いのと多少戦う力があるので、弱い魔物とか、あの、襲撃とか、すみません……は俺が中心になって戦い、ミーツともう一人がその間、幼い子達を見てくれていました」

ミーツと言われた青年がコクリと頷く。

俺は納得しつつ話す。

「なるほど、役割分担は一応行っているのか。ちなみにカザンが戦闘面、ミーツがグループ内の……まあ物資の分配や交渉事などしていたってことは、もう一人か二人はリーダー格の人間がいるんだな？」

俺の推測に答えたのは、ミーツだった。

「はい。俺達の中で、幼い子達に一番安心感を与えている人物がいます。正直、その人がいなかったら、途中でグループはバラバラになっていたと思っています」

ミーツは、リーダー格の人物がいることを匂わせつつも、容姿や性別すら口に出さなかった。あえて言わないのだろう。

「ふぅむ、カザンがこの話のために連れてきただけあるな」

俺が言うと、カザンが首を傾げる。

「なんでですか？」

おい！　連れてきた奴がわかってないのかよ！

俺が苦笑いしながら理由を述べる。

「それはな……っとその前に、カザン、名前を出すなよ？　ミーツの苦労が無意味になるからな？」

まだわかってないようだが、一応頷いたので続きを話す。

「さっきの話だけどな、ミーツはそのリーダー格の性別も名前も出さずに、俺に説明していただろう？」

「そういえばそうですね。別に名前くらい言ってもいいいと思いますけど」

「おい！　名前や性別は言うなよ⁉　こほんっ！　ミーツは未だに俺を見極めているんだろう。なぜか？　それは現状、俺からは施しを受けている状態ではあるが、裏で害意がないか、ミーツなりに見てからじゃないと、と思っているからだろう？　ミーツ？」

「失礼ですが、そうです」

「けど……」

カザンが何か言い募ろうとしているが、それを止める。

不満そうにしているが、これ以上は話がいつまで経っても進まないからな。

とりあえず、ここでやるべき話を終えて、移動のための準備をするとしよう。

幼子が多いからなー、リヤカーでも作ったほうが早いか？

18　帰村

さて、日本じゃ幼稚園児くらいの歳の子もいるからな。

リヤカーは必須だと思ったが、困ったことにオグリしかいないんだよなぁ。ばんえい馬じゃあるまいし。

この人数……

うーん、最年長組は歩かせるとして、そのちょっと下の子供達は交代で乗せて、年少の子供達は常時乗せておくとしたら……

どんぶり勘定で三百キログラムに達しそうだしなぁ。

いくら魔馬でも一頭だとキツいだろうな。

俺も歩くか？

とりあえずオグリに聞いてみるか。

『オグリ』

『主様。何用で？』

『荷台に近い物を引いてもらえないか？』

『それが任であれば、自分は引きますが……』

念話とはいえ、オグリの懸念が感じられる。

『何か問題があるか？』

『問題というほどでもありませんが。さすがに全員を乗せるとなると、それなりの大きさになると思われるのですが、そうなると自分だけではバランスが取りにくくなりそうで……』

オグリは全員引かなきゃいけないと思ってたみたいだな。

というか、バランス取れたら全員でも大丈夫なのか？

『はっ？　いやいや、さすがに全員を乗せるつもりはないからな？』

『左様でしたか、自分の早とちりだったのですね。主様、申し訳ない。それと、全員を乗せないとなると、どのような割り振りなので？』

『小さい子達を中心に、十人くらいか？　もう少し増えるかもしれんがな』

そう言うと、オグリが周りを見渡している。

子供達の大きさと人数を確認しているようだ。オグリなりに計算でもしているのか。

『主様がこしらえる荷台にもよりますが、大人五～六人以外なら、可能かと』

『そうか！　では今から作るから頼むぞ！』

『諾《だく》』

そうと決まればさっさと作るとしよう。


えーと、【タブレット】を使って……うーむ、荷馬車でよいとして、大きさは幅二メートル、長さ四メートルくらいの物で良いか。

車輪部分とサスペンション部分が本来なら面倒極まりない部品なのだが、【生産】スキル様々です！

あっという間に完成した。

あまりオーパーツな物にするつもりもないので、板バネで十分だろう。

板バネでも十分オーパーツとか言わないでくれよ？

木を切り倒し、風魔法で板に加工して、それなりに水分を取り除き、防水用のニスのような物を塗り乾かして組み立てる。

地球じゃありえないスピードで馬車の完成だ。

これに、革製の留め具を作ってオグリに装着させてみる。

オグリ的に村くらいまでならこれで大丈夫らしい。

微妙な着け心地のようだけど、この場で用意した機材としてはかなりよいとのことなのでこのまま行ってもらおう。

子供達を乗せて、年長組は歩くように言い、オグリには子供達のスピードに合わせるように指示を出す。

それなりのスピードで歩いたが、年長組についてこれなくなった者はなく村に戻ってきた。

◇

そのまま宿に向かい、マークを呼び出す。

不機嫌な様子だが、人助けしているからなんとも言えずって感じだな。

「よう、ノート。随分と大所帯になったな？　さすがにこんな人数分の契約書はファスティ領主様から預かってきてないぞ？」

「そうだろうな。だけどよく見てくれ。大半がアラン、セレナくらいの子供達だから、契約書はいらないだろう？　あの子らも契約していないんだからさ」

「それはそうだが、こんな大所帯どうするんだ？」

困惑げなマークに、俺はすんなり答える。

「その辺は、前にマークが言っていただろう？　……クランを作ろうと思ってるんだ。そして、連れてきた人間にはなんらかの仕事なり教育なりに従事させようと思う……マークはどう思う？」

マークはため息交じりに答える。

「クランの話は確かにしたな。だが……クランハウスがないと申請すらできないぞ？　それはどうするんだ？」

クランハウス、つまりクランの拠点か。

「クランハウスってのは、移動させることができるのか？　俺は一つの所に留まりたくはないんだが……」

俺が懸念を伝えると、マークは答える。

「ああ。所属メンバーランクと、その町なり都市との必要能力が合わなくなったら、移動するなり、いくつものクランハウスを所有するなり、そういう融通は利くシステムにはなっている」

なるほどな。

なら、うってつけの場所があるじゃないか。

「王都で買った家をクランハウスとして登録しておこう」

「そういえばあったな。ちょうどよい建物が……」

「じゃ、すまないが、この子らを見ててくれ。俺は、ファスティ領主の所に行って、今回のことをうまく収めるために、宰相と面会ができるように書類でも作成してもらいに行ってくるから」

「せっかちだな。まあ、わかったよ。そうだ、じゃあついでにこれを持っていってくれ。いつもの領主への報告書なのだが、送るよりもお前に渡したほうが早いからな」

少し意地悪な笑顔をしながら、マークは数枚の封筒を渡してきたのだった。

◇

その後、子供達を別室に預けてから、子供達のリーダー格のカザンとミーツに改めて話すことにした。

話したのは、「全員、俺が面倒見る」という話だ。

カザンは何やら考えていた。

その一方でミーツは、子供達が飢えなく、教育も受けられるのならばと即答で受け入れてくれたな。

しばらく考え込んでいたカザンから出たのは、予想外の言葉だった。

「ノートさん、仕事はわかるんだけど、勉強って必要?」

俺は丁寧に答えてやる。

「どんな仕事をするにせよ、自分の名前を書けることと、文字や数字を読めること、簡単な計算ができること……は最低限必要だと思うが?」

「いや、その辺は必要だと思うんだけど、報酬とか誤魔化される危険があるから。でも、それ以上は冒険者にはいらないでしょ?」

カザンは将来は冒険者にしかなれないと決めつけているらしいな。

俺は首を振って言う。

「お前らの将来を冒険者だけに限ってないからな、俺は。どちらかと言えば、勉強する中で自分がこれをしたい、あれをしたいと思ってくれたらいいんだ」

すると、カザンが目を輝かせる。

「……そこまで面倒を見てくれるっていうのか⁉」

「見ないのであれば、最初から盗賊団として、兵に突き出すなり殺すなりするだろう？」

俺のその言葉に、二人は感動しているようだった。

それからしばらくして、ミーツが「認めたくはないけど……」と前置きして話しだす。

「……あんなことを続けていれば、いずれ殺されていた可能性は高いんだよね。盗賊をしてた者は捕まり、みんながバラバラになっていたと思う……」

俺は頷いて言う。

「まあ、幸か不幸かはさておき、俺に捕縛されたのだから、俺としばらく付き合ってもらうことになるのは諦めてくれ。それよりもここからが重要な話なんだが、まずはこれを呼んで名前を書いてくれ」

カザンは、俺が差し出した書類を見て微妙な顔をした。

読めない字があるらしく、ミーツに聞きながら目を通していく。それから二人とも署名をして書類を渡してきた。

俺は、契約書となるその書類をアイテムカバンに入れながら、二人に確認する。

「この書類の内容、把握したな？」

すると、やはりというかなんというか、ミーツのほうが答える。

カザンにはわからなかったようだな。

「ええ。簡単に言えば、ノートさんのスキルなり魔法なりを、他言しないということですよね？」

そう、年長組である彼らは契約で縛ることにしたのだ。

だが、これは彼らを守るためとも言える。俺の力を知ってしまえば、狙われる危険が増したとも言えるのだからな。

「ああ、その認識で間違っていない。それと、お前達は盗賊のリーダー格として罰を受けることになるわけだが……その書類も後に署名してもらうことになるので覚えておいてくれ」

厳しい事実を告げると、二人は頷く。

「……わかった」

「……わかりました」

二人とも表情は強張っていたが、理解してくれたみたいだな。

「じゃあ、さっそく罰についての書類をもらいに行くので、どちらかついてきてくれ。俺の要望としてはミーツのほうがいいのだが……」

「……つ、ついていく理由はありますか？」

突然指名されて、怯えるミーツ。

俺は安心させるように答える。

「俺は、俺の部分の話はできるが、それ以外はできない。お前達がなぜあのようなことをしなければいけなかったか、俺をターゲットとして狙うに至った経緯、そういったところを説明してもらわないといけないからな。そうすれば、罰もいくらか軽くなるかもしれんし」

ミーツの顔が、心なしか明るくなる。

「なるほど、わかりました。なら、ノートさんの言う通り俺が向かいます。カザン、あいつと二人で子供達の世話を頼むぞ⁉」

「ああ、わかっている、お前のほうも大変な役割だが頼んだぞ！」

その後、ミーツを連れて村から出て林に向かった。

ミーツが疑問を口にする。

「ノートさん？　俺達、どこに向かうんですか？」

「そうだな、お前達の罰を書類にしてくれる人の所だが、もう少し待っていてくれ」

さらに奥のほうに向かって、村からも街道からも人に見られない所までたどり着く。

俺は、ミーツに「魔法を使う」とだけ宣言し、即座に空間転移《ジャンプ》でファスティ領主邸の近くに移動した。

ミーツは驚きすぎたのか、硬直したまま正気が戻ってこない。

意識が戻るまではここで待機かな？

19 宰相、叱る

なかなか戻ってこないなー、ミーツの意識が。

そこから待つこと、さらに十分。

やっと意識が戻ったミーツだが、とにかく落ち着きがない。どうしたものか？

おっ？　こっち見た？

と思ったら、ものすごい勢いで近づいてきた。

「な、な、なん、な、なんなんですか！　い、今、今のは!!」

「落ち着け、それと声が大きい！」

窘《たしな》めるもあまり効果はない。

仕方ない。

あまりやり方がいいとは言えないが、カザンのときと同じように、彼らが仲間を大事にしているのを利用させてもらうか。

「声をひそめることができないならば、その罰は仲間にとってもらうか？　それに……だいたいの契約内容を覚えているのなら、今自分がどれだけ危険な状況かわかるよな？」

俺が凄むと、ミーツは目を見開く。

「はっ!?　……ふぅ、ふぅ、すみませんでした！　どうにも気が動転していて……」

「落ち着いたなら、契約内容も思い出したな？」

「はい、大丈夫です。それよりも本当にビックリしました。まさか、ここまでの大魔法を使えるとは……」

「言うまでもないが、こういう魔法を使えるから契約書を用意していたんだ」

そうして俺は、再度ミーツに契約について説明した。

説明したあと、ファスティ領主に面会を求めるため、俺達は邸に向かった。

領主邸に着くと、カインズが驚いた顔をしてこちらを見てきた。

予想外だったらしいな。

いつも勘が鋭く、俺の来訪を先読みしている執事のカインズを驚かすことができ、少しは満足したな。

ファスティ領主との面会を求めると、すぐに案内してくれる。

ファスティ領主もビックリしていたようだけど、俺が瞬間移動できる魔法を使えることを思い出したようで、落ち着いて話を進めてくれる。

「そ、そ、それで今日はどうしたんだい？　な、何かあったのかな？　それとその子はなんだい？」

いや訂正。動揺はしているようだ。

畳みかけるような質問をしてきている時点で、いつものファスティ領主らしくない。

まあ、これから俺がする話を聞き終わったあとのことを考えると、少し申し訳ないが……言わないと始まらない。

とりあえず時系列で話していき、ここに来た理由を伝えた。

話を終えたあと領主を見てみると……撃沈していたし、お茶を持ってきたカインズも眉間を揉んでいた。

「それで？　王都で手に入れたあの家を仮のクランハウスとして登録したいと？　それと……今滞在している村の近くの町で、端のほうでいいから大きめの家を手に入れたいと？」

クランハウスのついでに、新拠点もリクエストしておいた。

さすがに人数が増えすぎたしな。

あと、宰相に取り次いでもらうのもお願いしておかないとな。

待てよ、新拠点の人材も欲しいところか。

「そうです。それと、宰相と面会できるように一筆いただきたいです。それに、新たに手に入れる予定の家の管理をできる人を紹介していただけるよう、口添えしてほしいです」

ファスティ領主は、それはそれは深いため息を吐いた。

それでも、ぶつくさ言いながら手紙を書いてくれ、封蝋《ふうろう》にファスティ家の印を施してくれた。

それをもらい、マークから預かった報告書もしっかり手渡した。

その後、カインズに、邸の一角にある小屋に連れてこられた。

なんでこんな所に来たかというと、隠れて移動する場所として使っていいとのことだったからだ。

これでいつでも来れるし、緊急時に無駄な時間を使わなくて済むな。

そんなわけでカインズに礼と暇《いとま》の挨拶をした俺は、王都に向けて空間転移《ジャンプ》したのだった。

◇

二回目だが、ミーツはやはりまだ慣れないらしくしばらく固まっていたが、すぐに正気を取り戻した。

宰相に会うべく、とりあえず王都に入って宰相の館に向けて歩きだす。

さて、宰相に会えるかな？

さすがにひと月ほど前には毎日のように通っていたので、入り口で止められることはないとは思うが……ここは無駄に時間を使いたくないので、近くにいた兵士に宰相の所に伝言を頼む。内容は、ファスティ領主からの封書を預かっている、である。

封書を預かっているのは一応事実だし（自分で要請して書いてもらったことは言わないけど）。

そこから数十分ほど待っていると馬車がやって来た。偉い人っぽいので、通れるように避けて頭を下げていると馬車が俺の横で止まる。

なんでだ？　と思い顔を上げると、宰相の所で顔を合わせた執事の一人だった。

「宰相様よりお連れするように申しつかっていますのでお乗りください。このまま宰相様の館に向かいます。その後、宰相様の所に案内します」

馬車に乗り込み、案内を受けて宰相の執務室へ向かう。


執事がノックをすると入室するように声がかかった。

執事が扉を開けて入る。

こちらを向いて入るように促すので、俺とミーツも入室した。

……前に会ったことがある女性と目が合った。

「あなたは、以前も恥知らずにもお父様に面会していたみすぼらしい平民ね！　また来るなんてどこまでも……！」

捲《まく》し立てようとしていたのを、宰相が止める。

しかもかなりの迫力で。

「ティエ！　やめなさい!!」

「お父様もお父様です！　お父様は宰相なのですよ！　このような一平民に時間を割ける余裕があるのに、なぜわたくしの話を聞く時間がないのです！」

ティエという女性がさらに何かを言う前に、宰相は執事を下がらせる。

そしてため息交じりに言う。

「……ティエ、お前は何様のつもりで言っているのだ？」

その怒りを含んだ声に、ティエは少し後退りつつも、負けじと言葉を発した。

「わたくしは、宰相であり、侯爵でもある、プラド・フォン・ルーブルの第一子のティエ・フォン・ルーブルですわ」

「そうだな。だが、それは私の客人に向かって暴言を吐いてよいことにはならないぞ。違うか？　それとも、娘は宰相よりも偉いのか？」

怒りを含んだ声に、ティエは言葉を詰まらせる。

さらに宰相は続ける。

「ティエ、私は常日頃言っているはずだ。我々はその爵位に応じて陛下より一定の権限を預かっているが、民を見下すような発言をしていいわけではないと。なぜなら、我々は民が血や汗を流して得た金銭の一部を税としてもらい、それで食事も！　服も！　家も！　すべてを賄《まかな》っているんだからな！　どうなんだ⁉」

「っ……で、ですが……」

「ですがではない！　お前がそのままならば、私はお前を……」

おっと、のんびりやりとりを聞いていたが、そろそろ物騒な言葉が出かねないので少し介入するか。

喧嘩になってしまったら、後々後悔するのは宰相だしな。

「宰相、ちょっといいですか？」

「お、おお、待たせてすまない、何かね？」

俺はいつもの契約書を差し出しつつ、言葉続ける。

「口止めの契約書を娘さんに書いてもらって、私のことを話したほうが早くないですかね？　こちらも多少急ぎの案件もあるので、早く決着をつけていただきたいのです」

俺の提案に、宰相は少し考え込む。

やがて宰相は娘に、契約の書類を見せて、署名するように伝えた。

娘のほうは少し納得してないようだったが、父の言葉に逆らえず名前を記入したのだった。

署名を終えたのを確認していると、宰相がこちらを見て「本当に良いのだな？」という視線を送ってきたので、頷いて先を促す。

宰相はティエに向かって言う。

「ノート……殿より許可も得たし、ティエも契約書に署名をしたのだから、他言はしないようにな？」

「……わかりましたわ」

「こほんっ。こちらのノート殿は『迷い人』であり、フェンリルとの契約者でもある……この意味がわかるな？」

ティエは驚き固まって、言葉を咀嚼《そしゃく》するようにぶつぶつ言っていた。

そのまま時間が十秒ほど過ぎたあと、ティエは父の言葉の意味を正確に把握し、こちらの世界の最敬礼に当たる礼をもって、詫びの言葉を言う。

「知らぬとはいえ、わたくしはなんという暴言を……」

「まあ、暴言自体を言うなとは言わないけど、見かけだけで決めつけるのはやめておいたほうがいいぞ。というか、お前らも大丈夫だから威嚇をしようとするな」

前半をティエに、後半を従魔達に言った。

俺が宰相に向き直ると、宰相が口を開く。

「その程度の苦言でよいのかね？」

「あれもこれもというのは時間がかかるし、今はその時間も惜しいので。そんなことより、話を進めたいのだけど？」

「さっきも言っておったな？　そんなに急ぎか？」

「俺はそう急がないですが、おそらく宰相は……」

「その言い方だと何やら不穏で、聞きたくない感じだが……」

「とりあえずこれを見てほしいです」

そう言って、ファスティ領主からの封書を渡す俺。

受け取る宰相だったが……内容を見ながらどんどんと眉間に皺を寄せた。

やっと本題だな。

このあと、宰相との話がスムーズに行えたら良いのだが。

宰相が声をひそめて言う。

「……ノート殿？　ここに書いてあることは本当かね？」

「宰相、内容は自分で伝えていたのでだいたいはわかっています……ですが中身というか、どのように書いてあるかまでは知らないので、なんとも言えないんですよ」

そう言いつつ、自分が突きつけた条件について話す。

「宰相に力添えを頼もうとしているのは……数人の罰の減刑というか……死罪と、まあ、ありがちな重労働区への派遣ではなくしたいんですよ。つまり、俺が面倒を見るというわけです。それに加えて、クランハウスの購入、及び家屋の管理と食事の提供を頼める人の派遣をお願いしたいと思ってます。できればクランの後ろ楯もと思ってますが……そちらはさすがに厳しいでしょうから、自分のランクをもう少し上げるように頑張ります。Sランクになればそうそう無茶してくる人間も減るでしょうし」

一方的に言ってみた。

が、さすがに宰相だけあって、理解してくれたみたいだな。

宰相がため息を吐きつつ言う。

「そうだな。罪の件はその流れからすると、君の奴隷か……わかった、なんとかしよう。それと、家の件と人材の派遣に関してもこちらでなんとかしよう。だが、人数がわからないのがな……その子もその一人か？」

宰相がミーツに視線を送る。

俺は頷いて言う。

「そうです。こいつはそのグループの中心人物の一人ですね。こいつらには『対外』と『戦闘』と『内部』のまとめ役がいます。そしてこいつが『対外』……グループ外の人間とのやりとりのときに主軸となってます。こいつ以外に、まあ、盗賊としてや魔物……雑魚《ざこ》でしょうが、相対するときに主軸になる『戦闘』担当の人間、そしてグループ内の精神的支柱の人物である『内部』担当が存在し、グループ全部で十九人を率いていました」

それから俺は息は吐き、ちょっと言いづらそうに告げる。

「それで俺が、全員を引き取る感じです。まあ、表に出てきて行動していたのは半分に満たない人数だったですが……それ以外は十にも満たない子供達でした」

　そしてようやく本題へ。

「それと、この子達が村に入るのを門前払いした者達が誰かというのを調べたいですね。そいつのせいで、こいつらが盗賊になってしまったのだから。それに加えて、俺と敵対した者達の対処を一任するという宰相の証明のような物を借りれたらと思うのですが……」

　宰相が少し考えてから口を開く。

「ふぅむ、それなりに組織……としては粗いところが多いが、工夫をして生き抜いておったと。なるほどな……事情はわかった、ノート殿に預けるとしよう。だがな、被害に遭った者は存在しておる。それに対しての補填もあるので、その子達の購入費がかかることは理解してもらえるな？」

　宰相としては立場上、そう言わざるをえないと。

　とはいえ、それも想定内だ。

「はい、わかっています。実際に盗賊の真似事をしていた全員分と中心人物の三人分で８００万ダルでどうです？」

「……内訳は？」

「中心人物一人に対して１００万ダルの計三人とそれ以外の子供……十人として考えて、一人50万ダルです」

多めの金額を言うと、宰相は納得したように言う。

「わかった、それで処理しよう。これでこの件は終わりだ、次は家の件だな。これはオキシナで購入するといいだろう。次に管理と食事の提供をできる人物……か。そうだな、リストを購入までに作成しておこう、なので購入前には絶対に来るように」

オキシナか。

考えてもみなかったが……今のところの目的地であるその地に拠点を持つのも悪くないな。

「わかりました。一週間を目処《めど》に来るようにしますけど、館内、もしくは庭の端でもいいので、空間転移《ジャンプ》の中継ポイントをいただけないでしょうか？」

ここに来るのも面倒だから、思いつきだがそう提案してみた。

「ノート殿……お主な。いや、もういい……あとで案内させよう」

よしっ！

あとは……

俺が考えていると、宰相が頭を抱えつつ言う。

「残っているのは、子供らが村から門前払いされたという問題か。おそらくはあの村長だろう。いや、そのバックに控えてる貴族が問題なのか？　……よし、陛下と相談のあとになるが、捕縛まで可能なようにしておこう。差し当たって、私の公的に使える証書の代わりになる物を渡しておくとしよう」

なるほど。

子供達を追い払った村の代表は曰く付きの人物で、その裏にも怪しい奴がいる感じなんだな。

とはいえ、捕縛か。

宰相の手配はやりすぎなよう気もするが。

「そんな物を俺に渡していいのですか？」

「構わない。一応期限付きにしておけばよいだろう？　そうすれば悪用されることはないだろうしな」

「さいですか……」

あとは細々した物に対して、宰相だけでは弱いとのことで、国王からの辞令のような物を預かることとして合意する。

よくわからんうちに国王まで巻き込む事態になってしまったが、まあいいか。

話し合いも終わり、宰相に再訪予定を再度確認した俺は、執事に連れられて中継ポイントに向かうのだった。

20　諸悪の根源を追う！

宰相と面会してからおよそ一週間が経った。

その間、俺が何をしていたかというと、最初の二日間は移動中に食べる物の補充というか、まあ調理だな。

何せ、およそ二十人、子供とはいえ一気に増えたわけだから、まあ、持つだろう分量の食料はあるけど、少なくなると不安になるからなぁ、俺が。

そんなわけで、調理の一人耐久レースのように作っていたな。

飯のときと寝るとき以外は、ずっと作ってたよ。

朝食用の定番のサンドイッチ（玉子、ハムチーズ、コロッケ、コケットカツ、オークカツ、野菜マヨ、照り焼き、メンチカツ、ポテサラ、エビマヨ、フルーツ、ブルーブルステーキ、ケバブ、ホットサンド）に、ホットドッグ（普通のキャベツを敷いてソーセージを載せた物と、キャベツをカレーパウダーで炒めて敷いてソーセージを載せた物、コンビニでよくあるマヨ入りとチョリソーを使った物、ソーセージと一緒にコロッケ、焼きそばを挟んだアレンジ料理）と、ジャムも作ったのでハニートーストを筆頭にトースト類も今回は作ってみた。

あとはスープだな。オニオンのスープ、コーンスープ、ビーフとオニオンのスープを作って、サラダも用意した。

もちろん和風の朝食も用意してある。

まずは、安定のおにぎり類（焼き鮭《じゃけ》、ハラミ、昆布《こんぶ》、ツナマヨ、エビマヨ、シーチキンマヨ、塩おにぎり、天むす、焼きおにぎりの醤油&味噌、牛肉時雨《しぐれ》風、オムライス風おにぎり、炒飯《チャーハン》おにぎり……梅干しやたらこ系が手に入らないんだよなぁ、高菜とかに近いのはあるから試してみたけど違ったからなぁ）の海苔《のり》のありとなしを作った。

味噌汁とだし巻き玉子を用意したし、朝定食風に食べたいとき用に、ご飯、味噌汁、卵焼き、海苔もしくは海苔の佃煮、焼き鮭とあとは温野菜といったセットも作っておいた。

っと、そうそう、味噌汁もいくつか変えて作ったんだった。

俺が好きなワカメと馬鈴薯《ばれいしょ》、それ以外は普通の豚汁、けんちん汁、シジミ、アサリ、大根、シメジ、この世界のほうれん草であるホレンの味噌汁を作っておいた。

お昼と晩の飯用としては、パン、ご飯、シチュー（【タブレット】で牛乳を購入までして作ったクリームシチュー、ビーフシチュー、タンシチュー)、カツ類、コロッケ類、唐揚げ類、焼きそば類、お好み焼き類、カレー(ルーは【タブレット】で購入した)、生姜《しょうが》焼き、ステーキ、ハヤシライス、牛丼、親子丼、天丼、ローストビーフ類の丼、餃子、すき焼き、鍋各種。

あとは適当に飲む物……

そんな感じで、パッと思いついた物だけを大量に作って、アイテムボックスに入れておく。

これで移動中の食べ物はバッチリだ!

これのために、鍋やらフライパンやら皿各種やら、コップ、スプーン、フォーク、ナイフやらを大量購入したんだからな!

何せ、新たに買い足した調理器具類で、100万ダルだったからな……自分でもビックリしたわ!

とにもかくにも、大量生産したあとは、今度は食える魔物狩りをして、肉類の補充をすることも忘れない。

子供が多いので予想よりも時間がかかったが、想定内だった。

あとは、頼まれていた魔道具をとある所に買い取ってもらったりポーション類を作ったりして金策もしつつ、件《くだん》の村の近くまで移動してきた。

子供達を全員を連れた大所帯である。

やって来たのは、子供達の受け入れを拒否していたという村だ。

そこに印を残してすぐに空間転移《ジャンプ》で戻ってこられるようにしてから、宰相の所にまた空間転移《ジャンプ》する。

◇

宰相に使っていいと言われたポイントに飛んでから宰相の館へ行く。

ノッカーを使って来訪をアピールする。俺の顔を見た執事はそのままついてくるよう伝えてきて、宰相の執務室に向かう。

部屋の中に入ると、宰相に加えて娘のティエもいたが気にせず挨拶をした。

「今日は、子供達に入村を断っていた、件の村の近くまで移動したので、そちらはどうなったのか伺いに来ました」

「おお、予定通り来たか！　それで？　件の村まで何日くらいかかりそうなのだね？」

「ゆっくり進んでもあと半日って所まで進んでいます」

「もうそんな所まで移動していたのか！」

宰相は驚いているようだけど、俺的には早く終わるんならさっさと終えたいんだよな。どうせ、見苦しいものを見せられるのだからな。

「こちらの準備はほぼ整いつつあるのだけど、宰相側の準備はどうですか？」

「こちらも終わっている。これが陛下から預かった村長の処分委任状と、その村を管轄している貴族への陛下からの命令書だ。それと、それでも抵抗してきたときのために、ティエを連れていってくれ。ティエを前面に出せば、村人はどうかわからないが、少なくとも村長はその意味合いがわかるだろう。それで捕縛して、ノート殿の裁量で処罰を科してよい」

話しながら、国王から預かったという書類を渡してきた。

何気に使い勝手がいい【鑑定】をかけてみる。

書類には、一定以上の商人や騎士や部隊長以上の国の兵士、村や町を治めている代官や村長以上の人間なら見ればわかる封蝋印があった。

宰相が続ける。

「それがあれば、その村長とやらが何を言おうと、デミダス国の法を蔑《ないがし》ろにしていたことには変わりがないので処分ができる。それでも聞かぬとあれば、ノート殿には申し訳がないが、国が侮《あなど》られることを見逃すわけにはいかぬのでな、その場で首を切ることになる。だが、そのときはティエが行おう」

「それは……」

俺が嫌そうにすると、宰相は続ける。

「だからすまぬと言っているのだ。これを見逃して、他の所でも同じことが起きたら国が立ち行かぬ。国に逆らっても大した罪にならない……と考えてしまわれてはもうどうにもできなくなる。それとも、ノート殿がすべてにおいてその責を負ってくれるか？」

「……」

なぜか宰相に責められ、俺は何も言えなくなった。

宰相はため息は吐くとさらに言う。

「すまんな、これも国として成り立たせるためなのだ。無差別で行っているわけではない。国に敵対した者に対しての罰だよ。個人ではノート殿の柔軟な考えもいいと思っているが、国のような大きな集合体だと罰を重くしないと、その地に住む善良な民が被害者となるのだ。鎮圧に動けば特にそうなるし、それを賄う費用も国民から徴収せざるをえない。今のうちに潰しておくか、許しておくか、どちらが被害が少なくなるかは……わかるね？」

俺は頷いて言う。

「ふぅ、確かにそうですね。俺個人の感情をいったん横に置いてみるとそうなるでしょう。わかりました。でも、悪い奴といえど、できる限り命を奪わないように俺は動きますけど」

「あぁ、それでいい。君はそのままでいいと思う。ただし、クランを作るなら、今回のような案件も出てくるから、今から覚悟を持つほうがいいと思う」

「はい。そのときは覚悟を決めます……」

そうは言ってみたものの、命を軽く見る価値観には馴染めないんだよな。

宰相が俺に説き伏せるように話す。

「それなら、今のうちから君なりの線引きを作ればいいさ。例えば、人を意味なく殺したら死罪、復讐なりなんなりの意味があれば、十年単位でクランの奴隷にするとかね」

「ありがとうございます。参考にしますし、何かあれば、宰相かファスティ領主か今後信用できるお偉方なりに相談します」

「うむ、それでいいのではないか？　……っと、話が逸れてしまったな。とにかく、その渡した物と私の娘を使い、その村長に罰を与えてきてくれ。処罰なしだけは認めないから、そのつもりで頼む」

「わかりました。それでは娘さんを伴って、件の村へ向かいます」

俺は宰相に頷く。

すると、ここまで大人しく話を聞いていて発言のなかったティエが初めて口を開く。俺のほうへにっこりと笑みを浮かべているな。

「それでは、ノート様、よろしく案内を頼みますわ」

「苦労をかけることになるが、よろしく頼むよ」

その後、宰相と執事と俺、ティエの四人で先日借りたポイントまで移動した。

正直、ポイントはなくても空間転移《ジャンプ》できるけど、空間転移《ジャンプ》先の状況はわからないからな。誰もいないし見られることのない場所に飛べるというのは助かる。

なおかつここは裏門に近く、厨房に隣接しているから、出入りの商人というか、物資の運び込みの人物を装うこともできる。

あとは、来たら連絡というか、簡単な呼び出しができそうな魔道具を作ってみようかな。昔で言う、ポケベルみたいな物でいいかな？

まあ、今回の騒動が片付いたら改めて考えるとしよう。

さっそく宰相と執事のカーズに挨拶をして、ティエとミーツを俺の近くに寄せて空間転移《ジャンプ》で元の場所に戻る。

さて、やっと段取りがついたな！

◇

さて、さくっと終わらせたいよなぁ。

とにかく、その村まで行かないことには話が進まないから、小さい子供から優先して馬車や荷台に乗せていき、俺とマークとで御者を務める。


予想通り、小一時間で村が見える所まで来る。

俺達を見た村人が一人奥に走っていった。

おそらく村のお偉方に連絡に行ったのだろう。

残りの村人は、新人冒険者が持つような頼りない武器を構えて待っている。

村まであと五十メートルを切った辺りで、門を守っている村人の中で一番偉いであろう、革鎧を着た一番小綺麗な人物が声を張り上げた。

「そこの馬車！　止まれ！　この村になんの用だ！」

俺はマークに合図を出して、馬車を止めさせる。それからティエに手綱を渡して、馬車から降りた。

俺は冒険者証を提示しながら自分の身分を伝える。

「Aランク冒険者のノートと言う。この村が国の法を蔑ろにしたという報告があり、デミタス王、宰相プラド・フォン・ルーブル様の命により調査に来た！　慎んで通すがいい！」

俺の言葉に、ざわつく村の者達。

そこへ、村長がのろのろとやって来たんだが、どうも強気な様子だな。

「ここは、シザー・フォン・シース騎士爵様の領地とおわかりか？」

俺はうんざりしつつ言う。

「だからなんだ？」

「わからぬのか？　デミダス国の爵位を持っている方の領地だと言っておるのだ！」

「だからなんだと言っている！　お前ら、勘違いしていないか？　騎士爵は宰相よりも偉くないどころか遥か格下であるし、Aランク冒険者の俺が持つ男爵相当の身分よりも下だぞ？」

当たり前のことなんだが、そんなことすらわからないのか。

「ぐっ、しかし、ここはシザー様の領地なのだから、そのような物言いは……」

なおも言い募る村長に、俺は毅然として言い放つ。

「そのシザーとやらには、王命により命令が下っている！　そしてその処罰は、この村を含め、俺の裁量に任せるという委任状も宰相よりいただいている。お前らの生殺与奪の権利を俺が持っているんだ！」

「くくっ。だからと言って従えるはず、が……」

あからさまに時間稼ぎをしようとしているな。

俺は、お馴染みの威圧で話を切る。

「お前達が何を言おうと、すでに王都にはお前達の悪行と、それを是正しなかったシザー騎士爵の行いは報告されており、このままだと、国から敵認定され、村人全員が処罰対象となり、死を賜ることになるだろう」

俺がそこまで言うと、村人の大半は慌てだした。

そして、彼らはあっという間にこちら側についたのだが……村長と一部の村人は諦めていないようだな。

村長が声を張り上げる。

「だいたい、我々の何をもって国の反逆者と言うのか！」

まあ、よい機会だから、この村の何が国の法に触れたのかを説明してやるか。

そうして丁寧に説明しつつ、この村まで連れてきていた、この村に入ることを拒まれた子供達を見せる。

やっと、なんの嫌疑をかけられていたのか理解したらしい村長。

保身のためだろが、今さら「子供達を村の子として受け入れる」と言いだしたが、もう遅いな。

「この子供達は貧しさのあまり罪を犯してしまったんだ。そんなわけで、身分が危険が不安定なんでな、今は俺が引き取っている」

そう言い放ち、「お前達が最初からそうしていればこのようなことにはならなかった」と説明しておいた。

今さら何を言おうがもう手遅れなんだよな。

その後、いささか虚しい気持ちになるが、村長と一部の村人に対して、俺は処罰を言い渡しておいた。

さらに、「不服がある場合は宰相の娘であるティエ様に死を申しつけられる」と言っておく。

すると今度は、シザー騎士爵のせいにするようなことを言い始めたので、全員まとめて捕縛することにした。

早くから村長を見限っていた村人に空き家に案内させて、いったん村長一派をまとめて放り込んでおいた。

なお、空き家の入り口にはヴォルフを配置し、裏手にシェフィーの豹の従魔のゲインを配置した。

さらに、「逃げようとすれば、ある程度の傷を負わせて無力化する」と言い渡す。

これでこっちのほうはいいだろうから、明日にでもこの者達を連れて、シザー騎士領に向かうとしよう。

21　諸悪の根源の根源？

襲撃があるかもしれんと備えていたからあまり眠れなかったが、寝る間も惜しんで働いていた地球にいた頃に比べればどうってことはないな。

というより、警戒はすべてヴォルフに任せておいてもよかったのだが……裏手を任せていたゲインに急に落ち着きがなくなったのだ。

それで、そのたびに俺とヴォルフが格上の空気を出して落ち着かせていたのだけど……

なんでゲインが落ち着かなくなったのかといえば、シェフィーの従魔術の拘束力が緩んでいる証拠に他ならない。

言ってしまえば、シェフィーが熟睡していたというわけだ。

しかし、熟睡していたとはいえ、すべてにおいてこうなってしまうわけではない。俺なんか、寝たところで従魔が不安になったことはないしな。

従えてる魔物が、自分の能力と同等か、上かの場合に起こりやすいのだ。

つまりは、シェフィーの強さでゲインを従魔にするのは、かなり無理をしているというわけである。

まあそんなわけで、ゲインは少し眠いというのもあってか、若干イラつきやすくなっている。

なんで、こんな説明をしているかというと――


「ほらっ！　さっさと歩くんだ！」

現在絶賛移動中なのだが、これがまた、村長と取り巻きの村人がチンタラ歩いていることに由来している。

まあ、俺達の移動スピードは一般人には多少無茶なスピードではあるかもしれないが、これも罰として諦めろ！

「速く歩けないなら、引き摺ることになるぞ！」

俺がそう発破をかけると、村人の一人が叫んだ。

「そんなに速く歩けるわけないだろ！」

その言葉に、俺は冷たい目で言い放つ。

「これも罰の一環だ。その罰を受けないと言うのか？　自分達が行っていたことを棚に上げてか？

小さい子供じゃあるまいし、あれも嫌これも嫌なんて通じるわけないことくらいわかるだろう？」

「うっ。し、しかし、こんな、軍人ですら音を上げそうなほどの速さで移動するなんて……あんまりだ」

そんな村長一派をいじめていると、先行して様子を見させていたライから念話が入ってきた。

どうやら、小規模だが先に魔物の群れがあるらしい。ライの確認としては、倒して良いか、とのことだったが、それは止めておいた。

というのも、その魔物の群れを村長一派のいじめに使うためだ。

俺は、次の言葉を彼らに投げかける。

「それも、自らが行った行為のせいだろう？　自らの罪も認めず不平だけは人一倍言うつもりか？なんなら、この先の木々がある所に置いていってもいいんだぞ？　そこには、ライが言うには、キラービーが巣を作り始めているそうだから確実に襲われるだろうけどな……」

すると、村人達は黙って歩きだし、スピードも遅れることなくなっていった。

やりゃあできるじゃないか。

やはり、人間、追い込まれれば力を出せるようだな。

予想よりも遅れたが、まあ、おおむね順調と言っていいだろう。

◇

さらにしばらく歩み、目的地のシーラにやって来た。

門に近づくと、俺が連れている村長に気づいた門衛がやって来て、大声で怒鳴るように誰何《すいか》してくる。

「お前は誰だ！　そっちにいるのは、シース領主様の領地の村長ではないのか!?」

俺は、冒険者証を見せながら大声で答える。

「俺の名はAランク冒険者のノートだ。お前んとこの領主は、とある嫌疑を王都から向けられてぃてな。その件の調査を俺は、宰相プラド・フォン・ルーブル様より調査するように命じられてぃる！　その証拠に、宰相様の娘のティエ様にもご同道いただいている！　道を開けよ！」

俺の迫力にビビったのか、門衛達は横にずれた。

一応、騎士爵の家の場所を聞き取っておく。

門の中に入ると、村に毛が生えたと言っていい規模の町で、貧困層が目立つな。まあ、俺にはあまり関係ないのでさっさと騎士爵がいるという建物を目指す。

騎士爵の邸はちょっと大きめの家だった。

近づくと、使用人が気づいて中に入っていく。主人でも呼ぶのか？

俺が家の前に着く頃に、家の中から、それなりに体を鍛えている三十半ばくらいの男が使用人と出てきた。

主人、シザー騎士爵だな。

「貴様らは何者だ！　俺は末席とはいえ王よりこの地を拝命している貴族だぞ！」

はぁ？　いやいや、それはおかしいだろう？

その辺は宰相に確認してから来たが、この地は王が下賜した物じゃない。この地を納めている伯爵が、魔物討伐で活躍したか何かで、この騎士爵に与えただけだ。

ちなみに騎士爵の爵位自体は、伯爵がしっかりと手続きしていたのでちゃんとした貴族で間違いないとのこと。

いずれにしても、この地は伯爵が与えたに過ぎん伯爵領内だ。

まあ、どっちでもいい、俺のやることに変わりはない。

「俺の名はAランク冒険者のノートだ。王命を受けた宰相プラド・フォン・ルーブル様よりこの地を調査するように命じられてきた！」

「宰相様だと？　なんで宰相様がこんな町のことを調査しようというのだ？」

「この地というか、騎士爵、あなたの受け持ちの村の一つが王国法を蔑ろにしていたことが判明した。そしてここに連れてきた村長・村民が関わっていたのがわかったのだが、この者達が言うには騎士爵がやったとか、命令があったとか、貴族の言うことを聞くしかなかったとか、いろいろ言うんでな。真偽を確かめるために来たというわけだ」

「それはご苦労なことだが、王国法を蔑ろにした？　どれのことだ？」

ん？　顔を見る限り、演技には見えないな。

これで演技だったら、映画賞の主演賞を与えてもいいかもしれん。

「孤児達の受け入れ拒否に連なることだな」

「はっ？　確かに俺の領地は赤字領地だが、孤児は受け入れはするようにと、俺がこの地に来てから毎年命令書を送っているぞ？　おい、フライス、俺の書斎から命令書が入っている箱を持ってきてくれ……ああ、過去の分もな」

シザー騎士爵の命を受けた使用人が走っていく。


命じられた物を持ってくるまでの時間は、およそ三分だった。

カップ麺のお湯を入れて待つ時間で、複数の年の命令書を偽造して持ってくることはできんだろから、ここでの細工は無理だな。

そのあたりを考えつつ、シザー騎士爵に提示された書類を見つつ【鑑定】もかけてみる。

運がよければ書いた時期とかわかればな程度の考えだったが、思いのほか詳細が見れたので焦ったわ。

……すべてが少なくても半年以上前の物と判明した。

つまりは、今のところ嘘は言ってないようだ。

となると、真の悪は……？

俺は捕縛して連れている村長達に向かって歩みより、質問をしようとすると——

「どうですか？　あの貴族が我々を騙したのがわかったでしょう!?」

「顔から見ても悪人でしょう？」

とか非常にうるさいので強制沈黙させて、俺の見解を言うことにした。

現状、シザー騎士爵が言っていることは間違ってない。

あの命令書の羊皮紙も時間が経っている。

といったことを伝えたのだが、あんな物はでたらめだのなんだの、ぴーぴーと再度騒がしいのでもう一度強制沈黙を行った。

それから、あの命令書を俺のスキル【鑑定】で見たと言うと、全員がうなだれた。

この姿を見た俺とシザー騎士爵は、こいつらが命令書を見てないか、勝手に内容を書き換えたのだと確信したのだった。

そのあとの展開は早かった。

シザー騎士爵が村長以下を罰して、ティエの存在に気づき、自分よりも上位の貴族と思ったのか騎士の礼を行いつつ、自分の思いや施策を訴え出た。

内容を聞く限り、なかなか良いことを言っているのだが、手つかずなのを不審に思い聞いてみると――

騎士爵を賜っていろいろ行い、人が寄りつきやすい町にしようと考えてきたようだが、金がなく……今は周辺でシザー騎士爵自ら狩りに出て魔物を狩り、毛皮やらなんやらを行商人に売り、それで金を確保してきたらしい。

とはいえ、なかなかうまくいかず微々たる金しか貯まらず悶々としていたらしい。

少なくとも、シザー騎士爵は現状信用できる人物かもしれないから、宰相に話をするくらいはしてやろうと思った。

それで、何かがプラスになればラッキー程度のことしかしないけどな。

◇

こうして、孤児達の受け入れ拒否の問題は幕を閉じた。

後日、聞いた話だと、やはりあの村長達がすべての原因だった。

虚偽だらけのことを話していた村長以下は、シザー騎士爵の下、出るかでないかわからない水脈掘りをやらされるとのこと。

水脈を掘り起こせたら一応解放されるらしいが、元の村に戻られたら困るので、次は伯爵様に願い出て、反対の領地の寒村に送られるらしい。

つまり水が出たら……罪を水に流す？

……寒っ！

このあたりのオヤジギャグは、つい思い浮かんでしまうな。

まあ、考えを口に出してなくてよかった。

22　騒動の後始末

シザー騎士爵にあとは任せて戻ろうとすると、声をかけられた。

なんだろうと話を聞くと、俺が強制沈黙を行ったときに「強さ」を感じたので、その域に達するためにはどうするのかとか、魔力も高いようだけどどうやったら両立できるのかとか、いろいろ聞いてきた。

適当に返事をしようと思った……のだが、余計に時間を取られそうだと思ったので――

・俺はこのあと、王都に引き返し、宰相に報告をしたうえでオキシナに向かう
・ここで時間を潰されると宰相への報告を簡素にしないと予定の日時にオキシナにたどり着けなくなる
・ここに来るまでは多少の余裕を持たせていたが、ここに寄ることになったのでかなり日数が厳

しくなった

とか言って振りきった。

もちろんそんな厳密な予定などないが、寒くなる前にたどり着きたいとは思っているので、あながち嘘でもないんだよな。

えっ、寒くなる前に着きたい理由？

魚が獲れる場所と言ったら……たっぷり脂の乗った焼き魚とか鍋だろう！

だからこそ、寒くなる少し前に着いて、どんな魚が獲れるのか、どんな調理法がおすすめなのか、調べておきたいんだ。

【タブレット】を使い、購入した鍋の素《もと》を使って、手抜き鍋にしてもいいけどな。

そのために、寄せ鍋とか、醤油ベース・塩ベース・味噌ベースのちゃんこ鍋とか、鶏白湯《パイタン》スープとか、各種人気ランキングの一位から二十位くらいの物を、毎月少しずつ買い貯めして置いたんだからな！

もちろん、魚だけではなく、ブルーブルとかオーク肉とかコケットとか、肉の鍋も行うけどな！

鍋物は結構好物で、〆に何を作るかを毎回悩むんだよな！

雑炊にするか、うどんにするかラーメンにするか……はたまた少し邪道だけど餅を入れるか……

うーん楽しみだ！

とにかく楽しみはまだ先の季節だから、今はこの町から離れてティエを宰相の所まで送らないとな。

◇

ヴォルフとライに警戒してもらって、周りに人がいないことを確認してから、ティエと俺だけで空間転移《ジャンプ》で王都に戻る、というか宰相の所の一角に直接行く。

それで、宰相の所へティエに案内され、執務室でノックをして入室許可をもらって中に入り、報告を行った。

「宰相、件の問題だが、現状は村のみに問題があったようです」

「現状とは？」

「村長と一部の村民が主導していたようで、他の村人はあまり関わってなかったというか、自分の生活を守ることしか考えていなかったようですね。無論、善いか悪いかは別ですが」

「ふむ、その原因は何かね？」

「わかってて聞くのですか？」

言わずともわかるだろうにと思って聞いたが、宰相は首を横に振る。

「私がわかるのは数字の上だけだからな。直接目にした貴殿と娘のティエから聞くのが一番よいだろう？」

「……そうですね、じゃあ俺の見た感じを先に言わせてもらいます。そのあと娘のティエお嬢様に確認してください」

と、若干の面倒くささを交ぜて言ってやった。

それを感じ取りつつも話を続け、書く物を用意する宰相。

「そうしよう。では、教えてもらえるか？」

さっそく俺は話しだす。

「俺が見た村は、一言で言うなら、なんの特産品もなく、農業にも適していないから余裕はもちろんのこと、自分達の食い扶持《ぶち》を賄うのがやっとの寒村だったな。ついでに言うなら、騎士爵のシザーが居を構えている町？　も似たような感じだったな」

「ふむ、あの地が農業に向かないのはわかっているので、あの辺り一帯を領地に持つ伯爵に食物を多めに割り当てていたのだが……」

「それは俺にはわからないが、伯爵が横領していたのか……例えば騎士爵のシザーが領地の開発費用に充てるために売って流用したのかだろう」

俺が思いつきの推測を話すと、宰相は首を傾げる。

「騎士爵の開発費用とは？」

「いや、だから例えばの話です。彼奴《きゃつ》が百パーセント本当のことを言っているのかわからないという点と、現状俺は悪感情を持っていないが……という点を、踏まえて聞いてほしいです」

「わかった。続きを頼む」

納得してくれた宰相に、シザー騎士爵が開発費用に充てた可能性について思い至った理由について話す。

「騎士爵は町の発展のために井戸を掘っているということ、未開発の田畑を耕すため馬の購入とか街道整備のために騎士爵自らが魔物狩りに出ているということ、をうっすらと聞いていたんですよ。俺は専門家じゃないからどちらがどうとは言えないですが、あいつが懐《ふところ》に入れてるという話じゃない限り、彼のそうしたやりくりを間違いだ！　とも思えないんです」

「それはなぜか聞いてもよいかな？」

「俺個人の考えですが、確かに町や村に与えられる物を勝手に使っているのは、今、あそこで暮らしている人間達にとっては悪いことだろうと思います。だが、あいつが言うようにちゃんと開発のために使っているなら、次代以降の人間達にとってはよいことになる可能性もある。もっとも、これで『伯爵が裏で……』という話なら、今話した内容も無意味でしょうけど」

俺の説明に、宰相が納得して言う。

「なるほど、ノート殿、貴殿は、騎士爵が公共事業のためだったら、食料を流用してもよいと考えているのだな」

「まあ、おおむねその通りです。だから、私的な横領ではないことを信じたいですね」

「ティエ、君はどう思ったのかね？」

続いて、自分の娘に確認する宰相。

「わたくしも似たような意見です。わたくしもシザー殿の話を近くで聞いておりましたし、目も見ていた限りではそう悪人とは感じなかったですね」

「わかった。ご苦労だったね」

そう娘に労《ねぎら》いの言葉をかけた宰相は、またこちらに向き直る。

「村長以下の者達はどうしたのかね？」

「罰として、水脈堀をさせられています」

「わかった。ならば、直接騎士爵の下に、町の人間達にも行き渡る程度の食料を送るとしよう。それで私も見極めるとする」

その後は、細かい報酬とこのあとのことを話し合い、礼を言ってもらい、俺は俺の旅を……

そうだった！

くそっ！　すっかり頭から抜け落ちていたけど、子供達の処遇を決めるため、子供達を王都に連れてこないと話が終わらないんだったな！

どうしようかな？　と考えていると、急に黙り込んだ俺を見て宰相が問いかけてきた。

「ノート殿？　どうしたんだね？」

自分の今の状況をかい摘まんで説明すると、宰相はアメリカンな人種のように、それはもう深いふかーいため息を吐いた。

「そのあたりのことはこちらでもフォローするようにしよう。具体的には、私の所の使用人の中でも上位の執事と、料理屋もできるメイドを派遣しよう。そして、その契約を交わしているという子供達の中心人物に教育を施そう。できれば、その中心人物は別として、他の子達が寝ているうちに連れてくることができないか？」

「可能だとは思いますが……俺の能力への配慮とかいろいろありがとうございます。ですが、それで大丈夫ですか？」

「ある程度は誤魔化すことはできるだろう……あまりよい手ではないが、そういった秘密は大人だけが背負えばよいだろう？」

「そう、ですね。罪悪感程度は必要経費として進んで被るとしましょう。独り立ちするか、自分のやりたいことが見つかるかするまで、衣食住と楽しい生活と教育を施すことにします」

「うむ、そこは私もできるだけ手助けをすると約束しよう」

「なら、さっそく戻って今日の夜にでも連れてくるための準備を……いや、先に拠点に戻って受け入れ準備をしてもらわないと……人数も多いので、かなり手狭になりそうですが……」

俺がポツリと愚痴をこぼすと、宰相は一つの提案をしてきた。

その内容は、今の建物をそのままクランハウスとして所有しておいて、もう一つ建物を所有しないか？　との話だった。

詳しく聞くと、宰相が所有している建物の一つを購入してほしいらしい。

そこには、四十人規模を保護できる孤児院が建ててあるとのこと。そんなわけで最初から建物もあるし、面倒を見る人員もいるようだ。

確かに立地も良さそうなところだが……どうにも匂うぞ？　慣れ親しんだ（親しみたくはなかったが）厄介事の匂いだ。

その辺を突つきながら確認すると、「面倒事はこちらに投げてもらってもよい、ただこのような話はそのうち受けるだろうと思っていたので、準備をしていた」とのことだった。

「はぁ、そこまで用意周到に準備されてたのなら断りづらいですね」

「まあ、そこは気にしなくてもいいことだがね。正直、わずかな期間であの建物では足りなくなると思っていたんだ」

「俺達が入っただけで半数は埋まりますからね」

「ところで君は、私が見た限りでは、子供達……特に孤児や不幸な子供を見ると気にかけているようだが……」

なんとなく、無理やりではないが、やんわりと身辺調査されている気がしたのでかわしつつ、疑問に思ったことを聞いてみた。

「しかし、この地図で見る限り立地がよいのはわかるが、よすぎるといらないものまで呼び寄せていないいかが気になるんですが？」

つまりは厄介事が呼び寄せられないか心配してると暗に伝えると、宰相は答える。

「普通なら呼び寄せることになるだろうが、そこが誰の土地か知られているので、誰も手出しはせぬよ」

「それは今までなら、でしょう？」

「ノート殿の懸念もわかっているから、譲渡するのは建物の土地だけに留めるので安心してほしい。無論、周りも好きに使ってもらって構わない」

「なるほど、宰相の影響下にあることにしてしまえば手が出せないまま、ですか」

「わかってもらえて何より」

「じゃあ、そこを買わせてもらいたい……ところですが、しばらく待ってもらえないですか？」

「他にも何か？」

「今は手持ちが、心許なくて……」

そう言うと、宰相が提案してくる。

「それならば気にしなくてもいい方法があるが？」

「どういうことですか？」

「私としては売ったという証明さえあれば構わないし、こういった個人同士の売買は双方が納得すれば値段はいくらでもよいのだ。つまり、私があの土地を10万で売っても問題ない」

つまりは、売買なんて建前でよいってことか。

随分と気前がよいな。

「っ、ハッ！　それは俺としてはありがたいですが、宰相に利がなさすぎませんか？」

「貴殿と誼《よしみ》を結んでいるだけでも十分な利があると私は思っている。過去のような愚かなことをする可能性がある者達への牽制も含めてな」

「……わかった。わかりました。それで頼むとしましょう」

「なら、戻るまでに準備を整えておくので、子供達をここに連れて来次第、売買契約を交わすとしよう」

そうやって宰相との話し合いを終えた俺は、子供達がいる所へ空間転移《ジャンプ》で戻った。

このまま、いくつの拠点を持つことになるのか……と考えながら歩いていく。

23　俺、孤児院を持つ！

とりあえず、あいつらが待っている所まで戻ってきた。

さっそくカザンとミーツを探す。

二人を見つけたので連れ出して説明を行うが、案の定カザンはよくわかってないようだが、ミーツのほうが理解してくれた。面倒が少なくてよいな。

ミーツに未だ姿を見ない中心人物の一人に話を通してもらい、終わった時点で教えるように伝えて、俺は俺で馬車やらを取り出しておく。

ほどなくミーツから連絡が来たので、カザンとミーツを残して小さい子供達全員一緒に魔法で眠らせる。

全員が寝たのを確認して、狭いが全員を馬車や荷台に寝かせていく。

全員乗ったのを確認して、二人には馬車の御者台に乗ってもらい、さくっと宰相の所に空間転移《ジャンプ》する。

まあ、この辺りまでの話し合いは終わっていたので、宰相の使用人も驚いてはいるだろうが特に騒がずに馬を連れてくる。

魔馬達はここでは使わないので、ここで大人しくしておいてもらう。

そうして、宰相と再度面会して売買契約を結んで、その購入した建物に宰相を伴って向かう。

◇

建物に着くと、まあ、聞いていたより広くはあるが、少しばかり建物の強度が気になるところ。

だが先に挨拶をしよう。

あとでもろもろが済んだら、手直ししていくことにしようかな。

ここの責任者というか、ここをまとめている神父が宰相に気づいて近寄ってきた。

「これは宰相様、本日はいかがなされたのでしょう？」

「本日は、新たにこの建物を所有される方をお連れしたのです」

宰相がそう言うと、神父が少し驚きの顔をしながらこちらを見てくる。

俺はさっそく挨拶する。

「初めまして、この建物の購入予定のノートと言います」

「あなたが宰相様から話を伺っていた方ですか……それにしても、随分と急な話だったようですね」

宰相はすでに話を通してくれていたようだな。

「それについては申し訳ないです」

「いえ、責めるつもりはまったくないのですが、宰相様にしては、お珍しく事前連絡がございませんでしたから、何かあったのかと思いまして」

神父のその言葉に苦笑いをしつつ、宰相は言葉を続ける。

「以前に伝えただろう。行動が読めないのだよ、ノート殿のやることは」

「そのようですなぁ。して？　本日急に決まったとして、どうしてそうなったのかお聞かせ願えませんか？」

俺は、これまでの経過を話していく。

説明し終えると……神父の肩が震えているな。

何かまずかったか？　と少し警戒しつつ神父の言葉を待っていると、神父が笑いながら話しかけてきた。

「ノート殿、あなたは不思議な方だな。この世の中、自分の身のみ心配している者が多いが、こう申してはなんだが、ノート殿が孤児のためにそこまでするには何か……いえ、聞かないほうがよい気がしますな」

「そうしてください」

面倒くさいのでそう言っておくと、それまで大人しく聞いていたカザンがおずおずと聞いてきた。

「……あ、あのっ！」

「ん？　なんだ？」

「俺達はこのあとどうなるんですか？」

心配そうにするカザンに、俺は告げる。

「聞いていただろう？　お前達はここで暮らすんだ。まあ、カザン、お前を含めて数人とミーツはここで暮らすが、仕事というか罰を受けることになるんだが……そういえば俺も、罰の内容を知らないな」

俺は、宰相と神官に確認のために声をかける。

「宰相、そういえばコイツらの罰の内容を俺も聞いてないのですが？」

「おお！　流れ的に伝えていなかったな。彼らの所有者・保護者はノート殿で衣食住を捻出するのもノート殿だが、私の私兵が監視している下で王都中の溝掃除に加えて、身心を鍛えるために見習いの訓練にも加わってもらう。他の小さな子供達もここで簡単な労働をしてもらうことになるな。そうだな、例えば水汲みとか洗濯の手伝いとか……まあそのあたりだろう」

まあ、罰とはいえどお手伝い程度か。

そうして手伝いしていく中で、将来のために勉強してもらうと。

「なるほど。まあ、そのあたりが落としどころか。カザン、ミーツ聞いていたな？　ここまで罰を軽減してもらったのだからしっかり励むんだぞ？　勉強や訓練を行ってくれるみたいだから不貞腐れずに頑張るんだ！　お前達がしっかりと頑張れば、俺は必ずその頑張りに報いるからな！」

「「は、はい！　頑張ります！」」

「よし！　じゃあ今日は……体を綺麗にして、しっかり食べて早めに休め」

その後、俺は魔法を解除して、眠っていた子供達を起こした。

彼らへの説明はミーツに任せて、俺は宰相と話を続ける。

主に、派遣してもらう人員の調整と子供らの扱いについてだな。話し合いを終えて、最終的に派遣されてくる人員が決まった。

ここにいる神父はそのまま院長として残ってもらうことにして、新たに神官見習いとして二人、シスター六人、そして宰相の所から執事一人、メイド四人、料理人二人、そして監視兼護衛二十五

人となった。

結構な人数になってしまったな……頑張って稼ごう。

ポーション類とか売ればいいし稼ぐ当てはあるのだが、どこまでやっていいのだろうか？

宰相に聞くと、下手に売り回られると大変なので、宰相か、ファスティ領主か、少なくとも個人に売らずにせめてギルドを通してほしいとのことだった。

ポーション類の品質についても聞いてみると、中品質までなら好きにしていいらしいし、高品質はギルドに二桁なら良いとお墨付きをいただいた。

続いて、武器防具について聞く。

作れるのか聞かれたので、そこそこの物は作れると言っておいたのだが、売る前に見せてくれと言われた。

とにかく金策はなんとかなりそうだし、暇を見てポーション類作製と魔物狩りに精を出すとしよう！

それと、アイツらの扱いは罪を償うために溝掃除に従事するが、無駄に貶める者がいた際は、

「俺がどのような行動に出るかわからないからな」と軽く話し脅しをしておいた。

子供達への説明が終わったらしいカザンとミーツに、今日からここで生活するように、先住の孤児達と問題を起こさないように、といった感じで指示を出して、俺はいったんマーク達がいる所へ

戻ることにした。

マーク達に説明をして、アイツらは王都でしばらく罪を償うように段取りをつけてきたことを伝えた。

それと、ここでの用事は終えたので、辺境都市オキシナに向けて再度移動することと、道中今まてよりも狩りを増やすことを合わせて伝えておく。

マークに「なぜ？」と聞かれたが、孤児院に必要な金を得るためだと言うと、複雑そうな顔をしていた。

まあ、言いたいことはわからんでもないが、買ったものは仕方がないし、アイツらに約束した必要最低限の衣食住を整えてやらないと駄目だからな！

そんなわけで、さっさと魔物がいる所に向かうべく、今日中に補充をして、明日の朝には出発すると言って、話を締めた。

さーて、今日中に補充しながら作れる物は作っておかないとな！

24　出発準備

とりあえず、今ある材料でポーション類を作れるだけ作るとしよう。

結構な頻度で作ってきたから、そう手間取ることもないしな。

小一時間ほどの作業時間を経て各種ポーションを作り終えたし、次は物資の補給をしに行かないとな！

そう思い立ち上がると、足に軽い衝撃が？

見るとアクアが体当たりしている。

飯か？

聞いてみると、最近動いていないから遊んでいるだけと言うので、散歩がてら買い物に行くぞと誘ったら『おいしいものー』とか言ってる。

結局食うのか……

まあ、育ち盛り？　だから仕方ないか。

アクアは好きにさせておくとして、他の従魔に声をかけると、ここに残り寝てるだけよりも多少なりとも動けるのならと、全員がついてくることになった。

◇

まずは、野菜類を買っておかないとな！　特に葉物を買わないと。保存が利く根菜はアイテムボックスにたくさん残ってるからさ。

あとは……武具用に鉄のインゴットでも買い足すとしよう。

それなりに買い物をしていると、ふと思い出した。

例の物を作ろうかな？　あれなら一つでもそこそこの値段になるようだし、以前に頼まれていたしな！

「よし！　そうしよう！」

そう独りごちて、とある商品を売っている店に突入していき、ぼろの物をいくつかとそれなりの物をいくつか購入した。

泊まっている所に戻り、マークに製作する物があるからと、飯の時間になったら呼んでもらえるように頼んでおいた。

これ、作るの久し振りだから少し緊張するな！

とにかく前に作ったときのことを思い浮かべながら集中して……ここをこうやって……あっさり完成！

相変わらずスキルは良い仕事をするな。

おかげで金策のための物がこれで一種類増えたな。

何を作ったって？　それはあとでお楽しみだ。

思ったより早く作れちゃったし、夕食までもう少し時間があるみたいなので、夕食を作るとしよう。

食堂に行って人で飯の準備をしていると、マークが声をかけてきた。

「ノート？　なんの作業かわからないがもういいのか？」

「ああ、思ったより早く完成したんで、少し時間もあるようなので、夕食でも作ろうかと思ってな」

「うん？　飯なら宿に頼んでいるぞ？」

「俺達のはそれでもいいし、足りなければ作った物も食えば良いが、従魔達の分もいるからな」

「そうだな。ヴォルフ達には出るものだけじゃ確実に足りないだろうしな。お前以外の従魔術師ならそれで済ますが、お前はそれをよしとしないものな」

「当たり前だ。こいつらが俺の所にいるからこそ、俺が好きに生きていくことができるのだからな」

　すると、マークが苦情を言ってくる。

「そこに、少しの抑えを持ってくれると私は助かるのだがな」

「マーク、お前は良い奴だからこそ言わせてもらうと、お前には悪いが……お前やファスティ領主、他にも何人も良い奴がいるのはわかっているが、中途半端に絡んでくる奴、取り込もうとしてくる奴が多すぎだからな。正直かなり印象がよくない」

　よい機会だし、脅すわけじゃないんだが、俺がこの国を発とうとしているのを暗に示しておいた。

　マークがため息交じりに言う。

「それは見ていてわかるが、どうにもならないか？」

「マークやファスティ領主、他にも俺がマーキングしている奴らばかりなら、俺も態度が軟化するんだけどなぁ」

「そうか、確かにお前は運が悪いのか引きがよいのかわからないが、そういう者達との遭遇率が高かったからな……」

「そんなわけで、今さらだけど、言葉遣いくらいは、この国内ではこのままでいようと思う」

結論としては自分で言っておいてよくわからないが、まあ、多少は気をつけるということだ。

「お前が言葉遣いを使い分けられるのは知っているが、まあいい。それよりも補充はできたのか？」

「ああ、予定通り明日出発できるぞ？」

「では、そのつもりで私も用意しておこう。それと、シェフィーには私から伝えておく。あとは、夕食を頼む」

シェフィーには、ここで別れることにしたんだ。

そのことはうっすら伝えてあったし、マークとも以前から話していた。

俺の気ままな旅に付き合わせるのも申し訳ないしな。というか、この手に入れた孤児院で護衛のようなことをしてもらう段取りになったのだ。

「夕食には、ちょい足し用からガッツリメニューまで適当に量産しておく」

「前のも残ってるんだろう？　あんまり増やすなよ？」

「ある物は、今後の旅のときか狩りのときにでも食えるから困らないさ」

「それならいいが……従魔達がいれば大丈夫か」

「そういうことだ」

そうやってマークと軽口を交わしている間も作業の手は止めてないから、大量の下拵え済みの物が増えていく。

マークはため息を吐きながらシェフィーに連絡しに行く。

俺はとにかく、肉料理、焼くだけの物、唐揚げ、鶏天といった、料理の量産が比較的簡単な料理を作っていくのだった。


宿泊場所の食堂は、人の多さのため食べることは難しかったので、部屋でとることにした。

従魔達にはとりあえず、先にそれを食べるように伝え、その間に俺が作った物を配膳していく。

ちなみに、従魔達にはライとマナ用のわずかな分を含めて、かなりの量が足されているが、ペロリと平らげるだろうから、俺が作った物もそれなりの量を入れておく。

……これでも足りないかもしれないけどな！

全員が、俺が作った物を欲しがったので、渡していく。

まあ、食いつきの勢いが違うな。

とはいえ、従魔達の世話しながら俺も飯を食っていたけど、ここの飯はなんて言うんだろう？

他の所と材料にそこまで差はないようなのに、素材と調味料とが絶妙なバランスで、お互いが自分の持つ旨味を主張しつつも調和が取れているような気がする……要するに美味かった！

従魔達が何も言わずに食えてたから、それなりに期待していたが思った以上だったな。

もちろん、俺も足りなかったので、自分で作った物を食べた。俺のが美味いのは、俺が作ってる物はスタートラインが違うからな。

ここの料理人は、この世界特有の物だけでここまで仕上げてくるとは正直驚いた。満足できる料理だった。

食事も終わり、各自部屋に戻り、明日に備えて寝ることにした。

第3章

さよなら、親友

Yosoji no ossan,
Kamisama kara
cheat skill wo 9ko
morau

25　さっそく面倒事発生！

旅は順調？　に進んでいる。

「順調」と断言せずに、後ろに付いている「？」はなんだって？

それは、俺達が道の途中で魔物退治をしたり、野盗を取っ捕まえたり、寄った村で補充をしたり、路銀が欲しくて空間転移《ジャンプ》でいろいろなギルドに行ってポーションを売ったり、森に分け入り希少植物や鉱物を見つけてウハウハしたり……

しているからなんだが、おおむね順調に進めていると思う。

そうして、辺境都市オキシナまであと数日（魔馬達のスピードだからこそ）で着く辺りまで来たらしい。

ここ一日二日、ずっと考え事をしている。

やっとここまで来たなという思いと、来てしまったなという思いとで、少し揺れているんだよな。

何せ、着いたら他国行きを目標としてる俺と、着いたら護衛を解除することになるマークとの別れが近いからな！

とりあえず、このあとの行程も褌《ふんどし》を引き締めていくとしよう！

◇

そう気合いを入れた、その日の午後。

まあね、順調にいってたからと油断はしてなかったけどね。

でも、これはないんじゃないかと思う。

目の前の光景を見て、思わず現実逃避をしても誰も文句は言わないんじゃないだろうか……

何が見えているんだって？

たぶん魔物の群れだとは思う……んだが、村を襲ってるんだよ！

見てしまったものは仕方がないから倒すんだけどさ、この村で少し疲れを癒すつもりだったから……ただ、泊まれるかなぁ。

とにかく、魔物を倒してこの村の村長なり、都市に近いから代官かもしれないが、そいつと交渉して寝床を確保しないとなぁ。

従魔達には外周を頼んで、俺が中側の魔物を倒していく。

小一時間で村に襲いかかっていた魔物、プレーリーディアを倒した。

【鑑定】するとそこそこの素材が取れるし、肉も美味いようなので、自分達が倒した魔物だけ回収して回る。

そうこうしていると、村人が近寄ってきて周りを囲む。

しばらくして、他の村人より少しよい服を着た女性が近寄ってくる。

この女性が、代官か村長なのだろうか？

俺の目の前まで来た女性が頭を下げて挨拶をしてくれる。

「ありがとうございます。旅の方とお見受けしましたが、本当に助かりました！　貴殿方が来てくれてなかったらと思うと……繰り返しになりますが、この村を代表してお礼申し上げます」

「ああ、礼は受け取るよ。それで、あの魔物はなんだったんだ？」

「あれは……プレーリーディアと申しまして、畑を荒らす害獣です。強さを見ればそこまでの脅威はないのですが、群れで来ますから……すみません、話が逸れましたね。それで、あの魔物達は特にこの村の名産の白菜や大根を中心に荒らすので被害が酷いです」

「ああ……鹿系だからか」

「鹿系だから、なんなのですか？」

俺は女性に説明する。

「いや、魔物じゃない鹿は特にそうだからさ。魔物にも言えるのかもしれないが、鹿はだいたいの植物を食べると言われているけど、このように冬が近づくと食べる物が減り、木の皮すらも食べているのだが、冬野菜と言われている白菜や大根もあいつらにとっては冬の貴重な食い物なんだ……いや、まあ最後まで聞け！」

発言しようとした女性を止めて続ける。

「お前達からしたら、『だからどうした？』だろうけどな、あいつらから見たら、今度いつ食べれるかわからない食料だからな。ある種命懸けでやって来てるわけだ。これに関してはどちらが！と言えないから純粋な生存競争になるだろうけど……だからな、それが嫌なら何かしらの対策をするべきだと思うがね？」

女性はよくわからないって顔してるな。

「し、しかし今までこのようなことは」

「今までなかったから、これからもないとでも？」

「う……しかし、急にこのようなことがあるとは思いもせず……」

「そうか？　たまたまここに寄った旅人の俺でも原因がわかるくらいだけどな？」

「どういうことですか？」

語尾を強めて聞いてくる女性（仮称村長とする）。

面倒だが、説明してやるか。

「まず、この村に着く前の人の足でも一、二時間でたどり着けそうな林やこの辺りの、見えている範囲だけでもこの魔物の餌になりそうな物がないよな？」

「それは、私達が開墾している所と林の食べれる物は採取しましたから」

「だから、それらを餌にしていたプレーリーディアが食えるもんを探してここに来たんだよ」

仮称村長の女性が声を上げる。

「採取したから来たですって？　なんでそんなことがわかるのよ！」

「わからないお前がどうかしているんだけどな？　野生動物や魔物は何も食わないとでも思っているのか？」

「うっ……で、でも別の問題があるかもしれないじゃない！」

「例えば？」

「た、例えば……そう！　あなたのような旅人が際限なくこの辺りの物を採るとか！」

「お前頭大丈夫か？　旅人や冒険者が採る価値がある物があるとでも？」

「そんなのわからないじゃないの！」

正直、仮称村長の態度にムカついてきた。

だが、俺は冷静に話す。

「……いやな、この周辺で冒険者が価値を見出だすのは、魔物と薬草くらいだし、旅人が使うとしたら、やっぱり薬草と、あとは……薪《まき》代わりにその辺に落ちている枯れ枝だろうな」

「なんであなたがそんなこと言えるのよ！」

仮称村長がヒステリックに叫ぶ。

「……はぁ、ところで、お前、王都付近の植生と食える物を判別できるか？」

「できるわよ！」

そう言った瞬間に周りから「無理です」とか「この辺りとまったく違う植物ばかりです」とか言い聞かせている。

ここでしか暮らしていないからか、若いのに凝り固まった思考をしているなぁ。

どうやって仮称村長にわかりやすく伝えるかを考えつつ本題を……と思考を巡らしていると、村人内での話が終わったらしい。

恥ずかしいのか、怒りのためか、顔を赤くしつつ話かけてくる仮称村長。

「申し訳なかったわね。他の地を私は知らなかったけど、他の地を訪れたことのある村人から聞くとかなり違うようね。でもそれがどうだというのかしら？」

「はっきり言えば、ここいらに立ち寄る旅人や冒険者は、旨味がないからってさっさと離れようとするだろうな。滞在すればするほど、プレーリーディアを狩れない限り、自分の懐が寂しくなるからな」

……しかし、なんだってこうまで頑《かたく》なな考えを持っているのだろうな?

とりあえず、この仮称村長にわかるように丁寧に説明してみる。

「今、あんたが言った通り、植生が違うとなんで通りすぎるか、その意味がわかるか？」

「わかるわけないわ」

「そこで考えることを放棄してしまえば、この場は楽だろう。だがな、後々それが元で、この村は衰退する可能性があるのに気がつけないか？」

俺がそう話すと、村の、取り分け年配の男の何人かが真剣な顔で頷いていた。

気づいているなら教えてやればいいのに……と思いながらも、仮称村長は人の話を聞かないタイプだったな。

村民も苦労してるんだろうなと思い、俺は小さくため息を吐く。

俺は頭を振って切り替えると、さらに続ける。

「植生が違うということは、ここら辺を頻繁に往来する商人は別として、目的地に向かうためにこの道を通る旅人もしくは冒険者の大半は、この辺で食べ物を探そうとしても、何が食べれて何が食べられないのかがわからない。全部が全部ではないだろうがそれでも王都付近と違う食べ物だらけなのだから、無駄に探し回るよりも、さっさと通り過ぎたほうが懐が傷まない、そう判断するわけだ。まあ、この村に立ち寄る冒険者もいるだろうが、俺の予想が正しければ野菜系はほぼ売れず、干し肉等の保存食と塩をメインとした調味料くらいしか売れないいんじゃないか？」

仮称村長が目を見開く。

「うぅっ、そうよ！　なんで野菜が売れないのかわからないのよ！」

「そりゃ当たり前だと思わないか？　あんた、ここら辺の野菜の説明させてないだろ？　さっきも言ったけど、食べ方がわからない物を買うような物好きは、そこそこ余裕のある冒険者以上の奴らか、元々この辺り出身の奴らだ。そうじゃないと買うわけがない」

「食べられるかくらい、見たらわかるじゃない！」

なおも反論してくる仮称村長。

「だからさっきも言っただろう？　あんたも王都付近の野菜を見ただけで食べ方がわからないだろう？」

ここまで言ってやっと大人しくなったか。

それよりも、後ろのおっさんどもめ、面倒だからか人任せにしやがって！

何らかの嫌味くらい言ってもいいかな？

「ところで後ろのおっさん達？　なんで余所者の俺が教育せにゃならんのか？」

そう問うと――

「何度言っても聞かなかった」だの、「自分が正しいと思っている限り他人の意見は黙殺する」だの、「叱ると暴れて手がつけられなくなる」だの、ろくな話が出てこねぇ。

「それで？　俺が都合よく説教を始めたから黙ってたのか？　俺は都合よく使われたと？」

少し声のトーンを落として凄んでみた。

最終的には、謝罪を受けて、「今後は何度も言い聞かせる」と言ってはいたが……まあ、俺には関係ないか。

これ以上、揉めても仕方がないので、倒した魔物はどうするのかと、調味料とか消耗品やその他の売買の話をしていった。

双方の妥協点として、魔物は俺達が狩った分プラスアルファで全体の七割をもらうことにして、この辺りの調味料各種を小さめの壷《つぼ》二つ分ずつ売ってもらうことにした。

本当はここで一日でも休みたかったが、面倒事がやって来そうだったので物を購入して、この先の道を聞いたあと、すぐに村から出ることにした。

◇

その後は聞いた道を問題なく進んでいき、やっと、とりあえずの目的地オキシナが見える辺りまでやって来た。

ここまで来ればそこまで急ぐこともないだろうから、ちょうど昼飯時の時間でもあることだし、街道から少し外れ昼食の準備をすることにした。


今日は何か作ろうかと考えながら、簡易的な竈《かまど》を作り、食材を取り出す。

んー、あんまり手の込んだ物を作るとマークにまた注意されるから、簡単なステーキや焼き肉類とスープ類とパンにしておくか？

スープはコンソメを使ってベーコンと野菜を入れた物にして、肉は各種焼いていくことにしよう。味付けは各種のタレやソースを出しておき、好みの物をかけてもらおう。従魔達の好みはある程度把握してるし、最初に配る分はそれをかけておけばいいかな？　おかわり分はまた聞けばいいだろうし。

昼食は特に記すような出来事もなく、全員が満足できるまで食べることができたし、そろそろオキシナに入るとしよう。

ここまで付き合わせてしまったマークへの礼も……この前作って用意したしな。

まあ、オキシナに入ってすぐにお別れってわけでもないし、俺がここから他国に向かうまではお目付け役のままだけどな！

腐れ縁と思って我慢してもらおう。

◇

オキシナに入るために順番待ちの列に並んで待っていると、結構な時間が経つのになかなか列が進まない。

前のほうから声が聞こえてきた。

なんだと思い耳を澄ませる。

急に人が倒れただの、そいつの症状が疫病に近いだの、それが元で人の流れが止まっているだの聞こえてきた。

それが原因で、一人一人の検査に時間がかかっているらしい。

マークに目を向けると、「またか……」という視線が返ってきたが、俺、関係ないよな？

そう思ってマークにアイコンタクトを返そうとしたら、早くなんとかしてこいといった感じの手振りをする。

理不尽だなと思いつつ、ポーションを取り出し、騒がしいところに向かって歩いていく。もちろん俺達全員も服用済みだ。

とりあえず、倒れている人物……たぶん商人、の元まで近寄る。

【鑑定】すると、どうも何かに刺されたのか噛まれたのかはわからないが、毒を受けたような状態だった。

一緒にいたであろう人物に話を聞くと、今日ここにたどり着く少し前に、蛇に噛まれたのかもしれない？　と言う。

なんで曖昧なのか確認したところ、倒れている人物がトイレに行った先での出来事らしいから仕方がないな。

まあ、毒なら解毒ポーションを飲ませ……られそうもないから、いったん傷口に振り掛けて落ち着かせてから飲ませた。

ほどなくして気がついたようなので、礼はいいから早く進んでくれと頼んで、自分の並んでいたマークが待っている所まで戻った。

戻ってからは、件の倒れた理由は毒が原因だったと門付近にまで届いたのか、スムーズに進んでいって、やっと俺達の番が回ってきたので、ギルド証を出して通してもらう。

ランクを見て驚いてはいたが、特に何もなく町に入ることができた。

その先に、さっきの商人らしき人物が待ちかまえてなければ、なおよかったんだけどな！

26　またもや面倒事か？

なんだって、さっきのおっさんが待ち構えてるのか？

お礼の言葉はさっき受け取ったし。

そそくさと目的地に行けば良かっただろうに……もちろん俺はお礼の言葉以上の物を催促するつもりもないし、関わり合いを深めたいと思ってないんだけどな。

おっさんが声をかけてくる。

「先ほどはお礼もままならず、申し訳ありませんでした。私はここを拠点として商売をさせていただいているオーヌと言います。改めて、先ほどはありがとうございました」

「礼は先ほどもいただいたから、それでよかったのだが？」

「ええ。それはそうなのでしょうが、私といたしましてはそれで済む話ではなかったので、こちらで待たせていただいていた所存です」

「？　他に何かあるのか？」

「ええ、先ほど私を助けていただいたポーション……あれの代金をお支払いをさせていただかないことには、商人の名折れになりますゆえに」

「あー、それはすまなかった。俺としては早く進んでほしいとの思いで、ポーションを使用したまでだからそこまで考えていなかったが、あんたからしたらポーションを使ってもらって礼もそこそこに代金も払わずになるのか。商人としたらよくないし、一番の問題が、自らの拠点の場所でってことだな？」

「ご理解いただけたようで助かります。あなたもおっしゃったように商人の耳は早い。そして信用が大変重要なので、このような状態のままだと、私といたしましてもよろしくないので、ぜひともお支払いさせていただきたいと思っています」

「わかった。じゃあ値段は任せる。銅貨でもなんでもいいさ」

「いえいえ、キチンと適正なお値段を支払わせていただきますよ。これも先ほどからの話と同じく私の信用問題になります！」

そう言ってしばらく考えている。今のうちに移動したいが、目の前のおっさんが許してくれそうもないし仕方がないな。

考えも終わったようで、こちらに顔を向けるおっさん商人。

「では、金貨三枚でいかがでしょうか？」

「それでいい……というか、そちらに値段は任せたんだしな」

「それではさっそく……」

ふと、ここで閃いた。

ちょっと聞いてみよう。

「待った！　おたくの所の商品はなんだ？」

「え？　ええ、うちでは食品を主に取り扱っており、食品に関わる物もございますよ」

食品なら好都合だ。

俺達の旅に必須の物だからな。

「なら、店の場所を教えてくれないか？　その金額分買い物をさせてもらいたい。もちろん、金額以上になったらちゃんと金は払う」

「それであなたがよろしいのでしたら私に否はありませんが……本当によろしいので？」

「ああ、できる限り備蓄しておきたいのでこちらからお願いしたいくらいだ」

「よろしかったらなぜかお聞きしても？　何かお手伝いができるかもしれませんので」

このおっさん、面倒な奴かと思ったが、いい奴なのかもしれない。

俺はこの先のことを考えつつ答える。

「ただ、オキシナから別の大陸に渡るのに、オキシナだけで大量買いをするわけにもいかないだろうからな。ここに来るまでも購入してきたがまだ心許ない。なので、ここの住人が困らない余剰分を最初から購入しようと思っただけさ」

「なるほど……購入予定は食品関係のみですか？」

「いや、あとはそうだな……鉱物があればだな」

「それでしたら、ご入り用な物を教えていただけるなら、私がご用意いたしましょう」

「そこまで世話になるわけにもいかないだろう？」

俺が辞退しようとすると、おっさんは前のめりになる。

「構いませんよ！　この町で鉱物を取り扱っている店は、私の従兄弟が営んでますので、用意させます。そうすれば、あなたも何軒も見て回らなくて済むでしょう？」

「いやしかし……わかった。では、頼むとしましょう。必要なのは鉄鉱石をそうだな……十箱分あればで構わない。で、レア金属鉱石を五箱を頼む」

「わかりました、承ります。あなた……ええと」

困った顔でこっちを見てくる。

あ、名前か？

「すまない。名乗っていなかったな。俺の名前はノートだ」

「ありがとうございます。では、ノート様、今日中に手配いたしますので、明日のお昼以降に私の店にご足労を願います」

「ああ、わかった。では明日伺わせてもらう。とりあえず、俺達は初めて来たので宿の確保に向かわせてもらってもいいか？」

「ええ、おっと、これをお持ちください」

「これは？」

「私の店のエンブレムです。これをお持ちいただいたら、私に連絡が来るようにしておきます」

「なるほど、ではまた明日に」

「ええ、お待ちしております」

頭を下げて見送ってくれた。

正直、明日は歩き回るのを覚悟していたので助かったな！

◇

その後、何軒か見て回り、宿を確保した。

最初に見た宿は安宿だっただけに、世紀末の漫画の雑魚《ざこ》のような格好した奴がたむろしていた。

二軒目に見た所は、モーホーな奴がいきなり「ヤらないか？」とか言ってきたので、顔の形が変わるまで殴り飛ばしてきた。

三軒目は、怪談で有名な人の話に出てきそうな陰鬱《いんうつ》とした所だった。

で、四軒目のここがやっとまともな宿屋だった。


中に入ると、古いがよく手入れされているのが見て取れる。

そしてカウンターにはお手伝いか？　中学生くらいの子供がいた。

「いらっしゃいませ！　宿泊でしょうか？　お食事でしょうか？」

「宿泊で頼む」

「それではこちらに記帳をお願いします」

記帳を終えると、子供が宿の宿泊料金や食事の提供時間等を説明してくれたあと、「何泊するのか？」「お部屋の数は？」「大きさは？」と問いかけてきたのですべて答える。

珍しいことに従魔達も部屋に入れるらしい！

気性の荒い奴はさすがにダメだが、ヴォルフ達のように大人しくしているなら構わないらしい。

鍵を預り、マークとは別の部屋に入る。

そりゃそうだな。マークは一人だが、俺達（従魔達）は数が多いから、俺達用に大きい部屋を借りたんだしな！

これでとりあえず今日はやることがないから、久しぶりにゆっくりするとしよう。

……今後のことはマークと少し話さないといけないかな？

27　さよならの準備

マークに近づいて声をかける。

「マーク、ちょっといいか？」

「なんだ？」

「今後のことを軽く話しておきたくてな」

「……そうだな、それで？」

「俺の中での一応の予定だが、この町で一週間から十日程滞在したあと、出港しようと思うんだが……」

「出るまでに、それなりに長いな」

「やることがあるのからな」

「やること？」

「まずは、ジーン一家やアランの様子を見に行くのと、生活費の確認だろ？　次に、セドル村の商業ギルドで約束していたアイテムカバンを卸し、先日のカザン達の所にも行って生活費を預けたうえで、宰相にも話を通さないといけないだろ？　船上にいる間はさすがの俺も好きに移動できんだろ？　船は動いているんだから」

そう、船に乗る前に用事を済ましておこうというわけだ。

するとマークが尋ねてくる。

「まあ、やりたいことはわかったが、船上では移動できない……ということに関しては引っかかりを覚えるな」

「やりようによってはできるが、そこまでして移動しないといけない案件がないなら必要ないと思わないか？」

「それもそうだな。そのために動くんだな？」

「そういうことになるな。船の上だけでもゆっくりしようと思ってる」

「わかった、それだけか？」

いつものようなテンションで言うマークに、俺は話す。

「いや、以前も言ったと思うが、ここまで付き合わせた礼を用意するので待っててほしい」

「嫌な予感しかしないが……」

「気のせいだろ？」

マークは大きく息を吐きながら了承してくれたので気にしないでおこう。

さっそくいろいろやろうと思ったけど、今日はそこまで時間がなさそうなので夕食をとって寝るとしよう。

◇

翌日、朝食もそこそこに、作れそうな物から片っ端から作製した。

そうしているとすぐに昼になったので、昼食を食べてから昨日の商人の店に向かう。

実は少し楽しみでもあったんだよな！

もし、レア金属鉱石があればかなり出費するかもしれないが、心機一転のために、装備の更新を考えている身としては足取りも軽くなるってものだ！

ここはファンタジーだぞ？

やはりミスリルとか、オリハルコンとか、ダマスカス鉱、アダマンタイトとか、ダークマターとか……

名も知らぬ鉱石があるかもしれないって思うだけでもわくわくが止まらない！

そう思いつつ昨日の商人の店にたどり着いた。

中に入るとそれなり以上に賑わっていた。

あっちでは商談ができるように個別のブース風になっていたり、こっちでは商品が並んでいたり、向こうでは持ち込まれた買い取り品の仕分けや買い取りのお金を渡していたり、とにかく活気がある。

正面には受付が用途別に並んでいるので、自分の希望に沿う受付を探す。

……商会員呼び出しの所に向かうと、受付嬢が笑顔になり声をかけてきた。

「いらっしゃいませ。当商会の誰にご用でしょうか？」

「商会のオーヌさんを頼みたい」

そう言いながら、オーヌから預かったエンブレムも差し出す。

それを見た受付嬢は少々目を見開いたものの、それだけに留めた。

そして俺に向かって軽く頭を下げ、俺の名前を確認し、内容も聞いてから、「確認してきます」と口にして下がっていった。

少し待つと受付嬢が戻ってきて、「個室に案内します」と声をかけてきたので、そのまま後ろについていき部屋に入る。

受付嬢は「主人を呼んでくるので……」と言い、下がっていった。


さて、どうなったのかな？

全部と言わずとも、一品だけでもあれば御の字なんだが……

それなりに自信がありそうだったし、数は揃えてくれていると信じたいところだ。

いったん先ほどの受付穣が戻ってきて、お茶をセットしつつ、「主人が間もなくこちらに来られ……」と伝えてきたのだが、その瞬間にノックされた。

戸が開いて、人が入ってきた！

絶妙のタイミングだったけど狙ったのか？

いやそんなわけないよな……商会長ってそんなに暇な人じゃないよな？　できる商会長ってこと

にしておこう。

商会長のオーヌは入ってきたと同時に辺りを軽く見渡し……

「良かった、そこまで待たせても、早すぎてもいないようだ」

小声で呟いていた。

嫌な予感は当たってほしくなかったが、当たったようだ……

ツッコミを入れるほどではないのが救いか？

話が進まないからこちらから、本題に触れるとしようか。

「本日は、時間を割いていただきありがとうございます。それで、お願いしていた物はいくらかは手に入りましたでしょうか？」

この前は、もっとフランクに話してた気がするが、オーヌは商談相手だし、最近ようやく板についてき始めた敬語でいくかな。

オーヌが返答する。

「ええ。ある程度は鉱物も確保してきましたので、後ほどどれが必要かご確認ください」

確認するのを楽しみに待っていよう！

それとは別に……食材だな。

「それは楽しみにするとして……まずはこちらの商会の取り扱い商品の食材……特に主食に使う物

と、野菜類の取り扱いの一覧みたいな物はありますか？」

「もちろんございますよ。というよりも、何を買うか決まっておられないようでしたので、当商会の取り扱い全リストをお持ちしております」

それはまた随分と用意のいいことだ。

そう思ったが、確かに何を買うか伝えてなかったから、ひと通り用意しておくものかと考え直す。

いずれにしてもできる人だと思おう。

「それでは、目を通させてもらえますか？」

こちらの要望を伝えると、すぐにオーヌは一覧を手渡してくれた。

それを見ながら、食材の種類の多さに驚いたが、一つ気になったことがあった。

鮮度の表記だ。

どれも新鮮なままの状態と書かれていた。

主食になる物も、他所なら家畜の餌に近い扱いだった米も、幅広く取り揃えてあるのはまあいいとして、野菜類等の鮮度はかなり気を使うハズ。

気になったので聞いてみると、アイテムカバンに入れて、必要になるたびに取り出しているとのことだった。

さすがに、それなりの規模の商会ともなると、アイテムカバンも複数所持しているらしい。

だったら遠慮はせずに、商会の取り扱いしている物を全種類購入しよう！

もちろん、売ってもらって大丈夫な量でな……

そうとなれば、さっそく伝えるとしようかな。

「オーヌさん、ひと通り拝見したうえで確認しますが、ここにある一覧にある食材は、今この店に在庫があると思っても大丈夫ですか？」

「ええ。今商会にある食材のリストのみ持ってきております」

「では、このリストにある食材の中で、肉類以外の余剰在庫分で、商会に負担にならない程度の量を売ってもらえますか？」

すると、オーヌは目を見開く。

「はっ？　いえ、売るのは商売なので大丈夫ですが、そんな大量に購入されて……その、大丈夫なのですか？」

ん？　何を気に……あぁ金銭的なことか？

それなら安心させないとな。

「あぁ、オーヌさんが気にされてるのが金銭的なことなら……」

「いえ、金銭的なら大丈夫だと確信しておりますので……そこではなく、その、持ち運びのほうで……」

ああ！　そっちを気にしてたのか！

「すみません、勘違いしてしまったみたいで……量的な面でも大丈夫ですよ。自分もアイテムカバンを所持しているので。そうじゃないと、このあと鉱物を売ってもらっても持ち運びできないじゃないですか」

そう伝えると、オーヌは謝罪を伝えてきた。

俺は「いや、こちらの説明不足なので気にしないでほしい」と話し、売買の量や金額についての話を詰め、双方満足できるところで頷いた。

話し合いに関しては、少し奇妙な駆け引きになった部分があったけどな！

というのも、オーヌは大量購入だから値引きしようとしたし、俺は俺で少し無茶な要望をした自覚があるので、適正価格のまま購入しようと思ったからだ。

で、最終的に５％ほど割引いた値段で締結した。

ともかくこれで、食材に関しては、よほどのことがない限りなくなる心配はないだろう。

あとは鉱物の件だけだな！

楽しみにしてるんだから、ある程度揃っててほしいよな……

そんなわけで休憩を挟み、そのあたりも含め話を聞くことになった。

そこそこの量は確保してきたと言っていたし、少なくとも鉄鉱石は心配いらないだろうから。あとはレア鉱石がどのような種類と量があるかだな。

「さて、それでは頼まれておりました鉱石のことですが、さすがにここにお持ちすることはできませんので大変申し訳ありませんが、場所を移動させていただきたく……」

「ええ。さすがにアイテムカバンの中にある間はよいとして、中身を出し、種類や質を確認するとなると重量がありますし、ここで出すと重さ等の兼ね合いで床の強度的にキビシイでしょうから……倉庫とかですかね？」

床材が凹《へこ》んだりするだろうしな。

「ええ、そうなります。それではいかがなさいますか？　少しお茶を楽しまれてから向かいますか？　それとも先に選ばれますか？」

うーん、そうだなぁ。

おやつの時間にはまだ少し猶予がありそうだし、先に見せてもらおうかな？

最悪、時間になったら、その場所の一角でも借りて、従魔達におやつを与えたら、まあ、大丈夫だろう。

「そうですね……では、先に選ばせてもらいますが、迷って時間がかかりそうならいったん休憩させていただきたく……」

「ええ、ゆっくりと選んでいただいて大丈夫です。そのときにお茶をお出ししましょう」

「ありがたいお話ですが、私の休憩ではなく、従魔達のおやつ時間になるのでして……」

オーヌが驚いて言う。

「ノートさんは他の従魔使いと違い、従魔を大事にされているのですね。わかりました。なら、お茶もとれるようにそっちに用意させましょう」

「そこまでしなくても……」

「大丈夫です。あちらにもお茶を飲むのができるスペースがあり、テーブルセットもございますので」

「……ではお言葉に甘えさせていただきます」

このようなやりとりのあと、倉庫に向かって全員で歩いていく。

たどり着いた先は、かなり大きい倉庫だった。

うん、ヴォルフが最大の大きさになっても入れそうだ。そう考えていると、ジト目のヴォルフから鋭い言葉が飛んでくる！

「主、何か変なことを考えていないか？」

「な、何も考えていないぞ！　うん！」

焦っているとオーヌから声がかかった！

ナイスだ！

ヴォルフの追及を避けてそそくさとオーヌのほうへ移動すると、ヴォルフのジト目は追尾してくるが、それ以上何も言ってこなかった。

そして目的の場所に着くと、オーヌが二つのアイテムカバンを指差した。

「では、こちらのアイテムカバンの中に入っております。ゆっくりご覧になってください」

オーヌから許可も得たことだし、ゆっくり見させてもらおうか。

出てきたのは、オリハルコン、ミスリル、ヒヒイロカネ、アダマンタイト……

と、なんだこれ？

黒っぽいような青黒いような……

【鑑定】で調べてみると、なになに？

魔鋼鉱《まこうこう》？

よくよく調べてみると、普通の鋼鉱よりも遥かに魔力と親和性が高く、他のレア鉱物に比べて加工も行いやすく、付与もかけやすい……か。

いいね、これ！

オーヌに「やはりお高いんでしょ？」と聞くと……

「いえいえお求めやすいお値段です！」

とのことだしこれは買いだな！

ホクホクしながら、魔鋼鉱の質や、他の鉱物の質及び、量や値段を確認しつつ、あれこれ見ていると――

飽きたのか、アクアが目の前までジャンプをして俺の視界に入ってくる。

どうしたのか聞くと、やはり飽きたのとお腹が空いてきたようなので、いったん切り上げてテーブルセットのほうへ移動する。


そこへ、オーヌが声をかけてくる。

「おや？　もう決まりましたか？」

「いや、まだもう少し見ておきたいが、従魔が飽きてきて小腹も空いたようなので休憩ですね。オーヌには申し訳ないがもうしばらく時間をもらえると……」

「ええ、それは大丈夫ですが」

「すまない、できる限り全部を見ますよ」

「お気になさらず。先ほども伝えましたが、ゆっくりとノートさんが納得できるまで見て選んでください」

従魔達のおやつを出し、オーヌとお茶を飲みつつ、雑談を行いながら、頭の中でソロバンを弾き、購入したい物と金額の折り合いを考えていた。

やっぱり魔鋼鉱は確実だし、他のレア鉱物もできる限り手に入れておきたいしな！


さてお茶もいただいたし、チビッ子従魔達もおやつを食べて空腹感がなくなって微睡《まどろ》んでいるし、今のうちに購入したい物をまとめるとしよう。

まずは、魔鋼鉱とオリハルコン、ヒヒイロカネ、アダマンタイトは確実として、ミスリルも使い勝手がよいからこれも購入だが、量をどうするかな？

それ以前に、俺ってどれだけの金銭、もしくは素材や売れそうな物を持ってたっけ？

野菜を買うなり、宿に泊まるなり、賃貸する以外は自分達で肉類を獲ているし、主食に関してもパンの値段は知れてるし……

ざっくり計算で、現金として金貨一万枚くらいはあるから、九割ほど使ったとしても、少なく見積もって数ヶ月は孤児院兼クランハウス候補（立地や建物の大きさ的）に自宅兼店舗？　兼現クランハウスにいるジーンやアラン・セレナ達の生活費は賄えるだろう。

そう考えると、結構持ってるからそれなりの量は買えるか？

オーヌに各鉱石の値段を確認し（定価よりも少し割引いてあった）、何をどのくらい購入するか計算を行いつつ、アイテムボックス内の金貨を正確に把握する。

予想通り金貨一万枚を少し超える枚数を持っていたので、当初の予定通り九千枚ほど購入することにした。

オーヌに購入量を話すと、目を丸くし大丈夫なのか心配されてしまった。

最終的にはここにあるレア鉱物はほとんど購入することになり、普通の鉱物も全部を購入した。

オーヌは嬉しさ半分本当に大丈夫なのかの心配半分の顔をしてた。

俺的には満足した買い物だったのだから気にしなくていいのにな！　とは思ったが……

「オーヌさんありがとうございました。よい買い物ができましたよ」

そう言って手を差し出して握手を求めると、オーヌも握手に応じつつ……

「本当に大丈夫なんですか？　いえ、こちらのほうこそありがとうございます」

いろいろ言いたいことはあるようだが、呑み込んで挨拶を返してくれた。

その後はもう少しだけお茶を飲みつつ雑談したあと、店をあとにした。

「さて、今日のメインイベントの買い物は終わったが、微妙な時間だな」

んー、何しようかなぁ……

とか考えていると、ヴォルフから念話が届いた。

『主よ、先ほどの件は深くは聞かないが、その代わり美味い飯を要求する』

げっ！　まだ疑われていた挙げ句、どうやら、ヴォルフにはだいたい察せられているらしく、見逃す代わりの条件まで出されてしまった。

さすがにこれは聞くしかないか。

しかし何を作るかなぁ？　うーん……あんまり時間もかけず作れて、美味しい食べ物となると、丼物《どんもの》かなぁ。

そうなると何を載っけるかだが、カツ丼は普通だろうし、海鮮も美味いがあっさりしすぎ……

そうだ！　唐揚げ親子丼を作ろう！

唐揚げは……残ってるし、卵とじ用の出汁もある。

よし、メインはすぐに作れるな！

副菜はどうするかが問題だな……俺は、これと汁物だけで十分だが、マナ以外は足りないかもしれないな。

汁物はじゃっぱ汁にしてみるとして、鱈《たら》か鮭か？　ここは定番の鱈みたいな魚を使って作るとするか……

作り方は【タブレット】で検索すればわかるだろうし、一回知人に作ってもらって旨かったしな！

あとはおかずだな……俺とマナはいらないが、ヴォルフと育ち盛りのアクアとライには何か用意しないとな！

……ダメだまったく思い浮かばない！

仕方ないから、足りなければ前に作っておいた物を出すことにしよう！

え？　なんだって？

ヴォルフから、「美味い物」と言われているだろうって？

唐揚げ親子丼だってじゃっぱ汁だって美味いだろう！

それに、親子丼にはカロリー無視のひと手間を加えるしな！

まずご飯を軽くよそって、軽く真ん中を窪《くぼ》ませて、そこに煮玉子をはめ込み、その周りにパリパリに焼いた鶏皮を敷き詰め、その上からご飯を再度よそい、さらにその上から唐揚げと玉子とじをご飯がはみ出さないように覆うようにかける……

これだけでもボリューム満点と思わないか!?

想像してたら腹が減ってきたし、さっさと戻って作るとしよう！

◇

急いで戻る必要もなかったが、考えていたらもの凄く空腹感に苛《さいな》まれたのでさっさと戻ってきたのだが、まだ少し早いかな？

まあ、作るとしようか。

早く作る分には、文句は言われないだろうしな。

さっそく唐揚げの下準備を行い、味が染みるのを待っている間に米を炊き、さらにじゃっぱ汁用の魚の下処理を行い、なおかつ切り分ける。

その後、唐揚げの準備ができて揚げるだけとなり、じゃっぱ汁もアク取りまで終わったから、あとは豆腐と酒を入れ、味噌で味を調整したらＯＫのところまでできた。

煮玉子と鶏皮は晩酌用に作っておいたから大丈夫。

出汁も用意したし、オニオと白ネギと卵も十分用意したところで一息吐く。

……文字に書けば短いが、結構てんてこ舞いだったな。

その甲斐があって、あとはのんびりと料理を楽しめた。

唐揚げを揚げて、その間に丼にご飯、煮卵、鶏皮の準備を行い、オニオと白ネギを出汁で軽く煮込んで、そこに卵を溶いたら火を止めて、余熱で卵に火が通るのを待って、待ち構えている丼に載せてでき上がり。

「うん、思った以上に美味そうだ」

とりあえず自画自賛しておこう。

誰も言ってくれなさそうだし……

夕食は和やかに終わり、酒を呑み交わしながら明日の予定を考えていると、マークから声がかかる。

「そういえばノート、お前、明日の予定はどうなってる？」

「うん？　そうだな、最終確認も含めて各場所に行って、必要な物を聞いて回って、薬草採集かな？　ついでに言えば、明後日は売り物用のカバンを買ってきて、ポーション作りとアイテムカバン作りを……と思ってるぞ」

「なるほど、それなりに忙しそうだな」

「まあ、予定ではあと数日で出発だからなぁ。なるべくズレないように動かないと。一応、船旅だから風がなくて動かないなんてことがあってもいいように、予定日数の数倍の食材は用意したからこっちの心配は低いが、俺が庇護下にした家族が二つと私設孤児院的なところの金をどうするかなんだよなぁ……いっそのことファスティ領主と宰相に金預けようかな？」

なんてことをポツリと漏らしたら、頭を抱えたマークからツッコミが入った。

「お前な……どこの世界に、領主様どころか、宰相様に面倒事を押しつけようとする平民がいるんだ!?　貴族に準ずるとはいえ平民だぞ？　お前は！」

「やっぱりダメか？」

「当たり前だろう！」

「じゃあ仕方がない。孤児院は院長に数ヶ月分運営費として金貨千枚くらい預けるとして、家族の所はジーンに以前貸与したアイテムカバンもあるしそこに食材とえーと、子供四人と大人三人の数ヶ月分の食費と給金として金貨百枚くらい渡しておけばいいか」

そう呟くと、マークが言う。

「いくらなんでも渡しすぎじゃないか？」

「足りないよりましだろう？　子供を飢えさす危険に比べればな」

すると、マークが改まったように話しだす。

「前から気になっていたんだが、ノート、お前は子供に対してありえないほど過保護じゃないか……？」

うん、マークには言ってもいいか。

だが、ここじゃあな。

「まあマークに伝えたら上にも行くか？　何度も言うのは面倒だし、何度も話したいことでもない」

「そんなに言いづらい話か？」

「いや、俺はもうそこまでに気にしないが。だが、変に気を回されたりするのが嫌なだけだ」

俺は意を決して打ち明ける。

「俺は元々の世界で親に捨てられ、孤児院みたいな所で育ったんだよ」

一瞬、シンとなった。

マークが静寂を打ち破る声を発する。

「……なるほどな。それで、子供達のときにあれほどムチャや、怒りを覚えていたのか」

傍目から見たらそうだったんだな。

自覚はなかったが。

「まあ、多少自分と重ね合わせた部分がないとは言わないさ」

「わかった。まあこの話はもうやめておこう。今のお前はそれなりに自由を楽しんでるんだろ?」

「ああ。そして、まだまだ楽しみながら、全員は無理だが、目に止まった子達くらいは、俺のような目に遭わせないようにしていくんだろうな」

「今までの行動からそうなりそうだな」

「たぶん」

そんな話をして、その日は眠ることにした。

28　親友との別れ

翌日から忙しく動き回ったよ。

まず、どこぞの商業ギルドに行って、アイテムカバンを複数枚売った。

それから、ファスティ領主、オーゴ領主、宰相にポーションを売って資金を得てきた。

で、そんな用事をしつつも、近場で狩りを行って、解体を頼んで、肉を得て船旅の間の食料を増やした。

ジーンに「これから海を渡るためだ」と話して、当面の食材と数ヶ月分の食費と給金を渡しておく。

孤児院の院長にも同じ話をして、運営費として金貨千枚渡した。

これであとは、乗船前にマークにお礼を渡すだけだな。

デミダス国では、いろんな……良い悪いは別として……出会いがあったが、次に行く所ではどうなるか、なかなか楽しみだ。

◇

そうして過ごして、乗船する日がやって来た。

船を前にマークと対峙《たいじ》して、これまでの礼をするため、そしてこれまでの苦労を労うための品を渡すことにした。

「マーク、今まで付き合ってくれて助かった。ありがとう。これは前にも言ってあったが、感謝の品だ」

そう言ってマークにその品を渡す。

「これは、アイテムカバンだな？　前にも譲り受けたが？」

「前にあげた小さいのと違うな。いわばその改良版だ。小さなボタンのようなところがあるだろ、そこに魔力を込めてみろ」

訝しげにしながらマークは魔力を流す。

ボタンの色が変わった。

「これはいったい？」

「それでマークにしか扱えなくなったってわけだ。いや、お前の血に連なる者なら扱うことは可能だな。所謂、所有者固定だ。ちなみに時間停止機能が付いていて、中には道具が入っている。ちょっとした装備だけどな」

中を見て呆然としているマークに、俺はさらに告げる。

「まあ、あまりレア鉱石で作った物だとお前に怒られるから、鉄鉱石から採った鉄を鋼鉄に鍛えて、作ったんだ」

「そうだとしてもかなりの業物《わざもの》じゃないか。私には荷が勝ちすぎる」

「おいおい、マーク。お前、ファスティ領主の所に帰還したら兵のトップになるんだろ？　それくらいの物は最低限じゃないか。それに、お前はファスティ領主と俺との友好官なんだろう？　何かあるたびにマークも動くことになる」

俺がいたずらっ子のように言うと、マークは嫌そうにしていた。

が、事実だろうし頑張れ！

「さて、じゃあそろそろ時間だし船に乗るとしよう。マーク、改めて世話になったよ……といっても船旅が終わったらいつでも俺からは会いに行けるけどな」

最後に握手をして、笑いながら乗り込む俺。

マークも苦笑いしながら言う。

「ああ、わかった。少しは大人になったお前との再会を楽しみにしてる」

最後までこんちくしょーめ。

俺は心の中で笑う。

そして次の目的地に向けて、目線を前に向けるのだった。

The Record by an Old Guy in the world of Virtual Reality Massively Multiplayer Online
とあるおっさんのVRMMO活動記
1~27
椎名ほわほわ
Shiina Howahowa
アルファポリス 第6回 ファンタジー小説大賞 読者賞受賞作!!
累計150万部突破の大人気作
(電子含む)
ついに
TVアニメ化
決定!!!
コミックス
1~10巻
好評発売中!

とあるおっさんのVRMMO活動記
椎名ほわほわ
現実じゃ冴えない会社員(38歳・独身)
でもVRMMOの中では
名うてのスキル職人!?
ネットで人気爆発!
第6回アルファポリスファンタジー小説大賞 読者賞受賞作、待望の書籍化!

とあるおっさんのVRMMO活動記
1
料理生産から冒険までVRMMOで大活躍!!
18万部!!

追放された神官、【神力】で虐げられた人々を救います!
女神いわく、祈る人が増えた分だけ万能になるそうです
著 Saida《サイダ》
万能な【神力】で、捨てられた街を理想郷に!?
俺だけに見える女神と\マイペース/救済生活はじめます!
教会都市パルムの神学校を卒業した後、貴族の嫉妬で、街はずれの教会に追いやられてしまったアルフ。途方に暮れる彼の前に現れたのは、赴任先の教会にいたリアヌンという女神だった。アルフは神の声が聞こえるスキル「預言者」を使って、リアヌンと仲良くなると、祈りや善行の数だけ貯まる「神力」で様々なスキルを使えるようにしてもらい——お人好しな神官アルフと街外れの愉快な仲間との温かな教会ぐらしが始まる!
◎定価:1320円(10%税込)　◎ISBN 978-4-434-31920-4　◎illustration:かわすみ
「癒し系ほっこり」ファンタジー賞受賞作!

◉定価：1320円（10%税込）　ISBN 978-4-434-32044-6　◉illustration：華山ゆかり

著
穂高稲穂
HODAKA INAHO

異世界で水の大精霊やってます。
湖に転移した俺の働かない辺境開拓

ISEKAI DE MIZU NO
DAI SEIREI YATTE MASU

1・2

アルファポリス
第2回次世代
ファンタジーカップ
「ユニークキャラクター賞」
受賞作!!!!

居眠りしている間に人間卒業!?

全能の大精霊

になってしまいました

居眠りから目が覚めると、別の世界に転移していた高校生の冴島凪。辺りは見知らぬ湖──というより、彼は湖そのものになっていた!? 流れ込む知識を頼りに、自分が湖の大精霊に転生したことを理解したナギは、怪我や病で苦しむ者たちを治していく。そんなある日、ナギは願いの声に導かれて、ある少年のもとに召喚される。奴隷となっていた少年たちを救い出すと、その後も彼を慕ってどんどん仲間が増えていき……湖畔開拓ファンタジー、開幕!

穂高稲穂

2

異世界で水の大精霊やってます。

目が覚めたら怪物の封印、勇者の育成、ついにはレジスタンスのお世話に引っ張りだこに!?

大精霊の日々はやっぱり大忙し!!

「湖畔がにぎやかになりすぎてぐうたらする暇もない」

●各定価：1320円（10%税込）　●illustration：つなかわ

この作品に対する皆様のご意見・ご感想をお待ちしております。

おハガキ・お手紙は以下の宛先にお送りください。

【宛先】

〒150-6008 東京都渋谷区恵比寿4-20-3 恵比寿ガーデンプレイスタワー 8F
（株）アルファポリス　書籍感想係

メールフォームでのご意見・ご感想は右のＱＲコードから、
あるいは以下のワードで検索をかけてください。

アルファポリス　書籍の感想　検索

ご感想はこちらから

本書は Web サイト「アルファポリス」（https://www.alphapolis.co.jp/）に投稿されたものを、改題、改稿、加筆のうえ、書籍化したものです。

四十路《よそじ》のおっさん、神様《かみさま》からチート能力《スキル》を９個《こ》もらう５

霧兎（きりと）

2023年 5月31日初版発行

編集－芦田尚
編集長－太田鉄平
発行者－梶本雄介
発行所－株式会社アルファポリス
〒150-6008 東京都渋谷区恵比寿4-20-3 恵比寿ガーデンプレイスタワー8F
TEL 03-6277-1601（営業）　03-6277-1602（編集）
URL https://www.alphapolis.co.jp/
発売元－株式会社星雲社（共同出版社・流通責任出版社）
〒112-0005 東京都文京区水道1-3-30
TEL 03-3868-3275
装丁・本文イラスト－蓮禾
装丁デザイン－AFTERGLOW
印刷－図書印刷株式会社

価格はカバーに表示されてあります。

落丁乱丁の場合はアルファポリスまでご連絡ください。

送料は小社負担でお取り替えします。


ISBN978-4-434-32045-3 C0093